D1145903

REÜNIE IN ROME

Lees ook de andere chicklit-uitgaven van
Uitgeverij Zomer & Keuning

Mia Land
TAXI!
RONDJE!
TOT ZIENS!

Mariëtte Middelbeek
TWEE IS TE VEEL
REVANCHE IN NEW YORK
STERRENSTATUS
DIOR EN DENNENBOMEN
LOVALICIOUS
HEX!

Els Ruiters
DOOR DIK EN DUN
HOLLEN OF STILSTAAN
LIEFDE IN DE STEIGERS
BALLETSCHOENEN EN BOXERSHORTS

Anita Verkerk
HEISA IN VENETIË
ETAGE TE HUUR
PRINCESS FLIRT
LEVE DE LIEFDE!
LANZAROTE LOVER

Rianne Verwoert
LIEVER NIET VERLIEFD
TROUW(EN)

Iris Boter

Reünie in Rome

Zomer & Keuning

ISBN 978 90 5977 416 2
NUR 301

Omslagontwerp: Julie Bergen
Omslagfoto: Getty Images
© 2009 Uitgeverij Zomer & Keuning, Kampen

www.nederlandsechicklit.nl
www.irisboter.nl

1

Met een noodgang scheur ik de parkeerplaats van Studio Zeventien op. Het water uit de plassen zeilt over mijn voorruit heen, zo hard rijd ik. De grote klok boven de ingang van het gebouw tikt de laatste seconden weg die ik nog nodig heb om op tijd achter mijn bureau te kunnen zitten. Maar de enige vrije plek is natuurlijk helemaal aan de andere kant van het parkeerterrein, iedereen wil zo dicht mogelijk bij de deur parkeren. Stelletje luiwammesen. Maar 't past uitstekend bij de dag van vandaag. Alles wat er maar mis kon gaan vanmorgen, ging mis. Ik zal je de details besparen, maar als ik noem een kom yoghurt die het nodig vond te proberen de zwaartekracht te overwinnen (niet gelukt), een rode kat die de hele nacht op mijn enige schone zwarte trui heeft liggen slapen, een mobiel die niet opgeladen was terwijl ik een sms móest versturen en sleutels die normaal altijd op de vensterbank liggen maar nu niet, dan krijg je een aardig idee.

Als ik de motor van mijn oude Fiatje uitschakel houdt het op met zachtjes regenen. Juist ja, het stort. En natuurlijk ligt mijn paraplu in de schuur, in de gang of in elk geval op een plek waar ik nu niet ben. En mijn hippe, dure nepslangenleren tasje is gewoonweg te klein om zelfs maar een kwart van mijn kapsel te beschermen tegen dit geweld. Rennen dan maar. Als ik nou even onelegant mijn benen onder mijn lijf vandaan werp, dan kan ik nog net voor negen uur binnen zijn. In theorie.

Helaas werkt het toegangspasje weer eens niet! Ik houd hem rechtop, liggend, staand, wapper hem heen en weer voor de ontvanger, maar de glazen deur blijft gesloten. En Jannet, de receptioniste, staat met haar rug naar de deur een kop koffie te drinken! Daar moest maar eens een functioneringsgesprek aan te pas komen.

Ondertussen klettert het water van het hele dak van de studio boven op me. Pas als ik het pasje ten einde raad weer in mijn tas gooi schuift de deur open. Te laat, het hemelwater zit tot in mijn laarzen.

Gelukkig zijn er niet veel mensen in de studio. Dat wil zeggen: aan deze kant. Het ware televisiegebeuren speelt zich namelijk niet af aan deze kant van het gebouw, liefkozend de 'Achterkant' genoemd, maar aan de 'Voorkant'. Daar ligt rode vloerbedekking, daar komen alle bekende Nederlanders, muzikanten, de buitenlandse gasten en de sporthelden binnen, daar staat een Senseo-apparaat.

Nou ja, op dit moment in mijn leven maar beter ook. Ik wil me niet aan bekend Nederland vertonen als een verzopen kat met mascara op haar wangen. Lijkt me niet echt bevorderlijk voor de liefde op het eerste gezicht.

In de wc probeer ik mijn hoofd weer enigszins toonbaar te kneden. Bij vochtig weer krijg ik zo'n enorm fijne krullenbos waar menig poedel jaloers op zou zijn. Onder de handendroger probeer ik nog een klein beetje regen uit mijn haar te blazen, maar na een paar seconden in de herrie is de angst dat iemand me hier gebukt betrapt groter dan de schaamte om mijn belachelijke haar. Dan maar even snel een sjaaltje erin, ziet er zelfs ook nog hip uit.

In de gang die naar mijn werkkamer leidt trek ik mijn laarzen uit, laat ze leeglopen in de grote plantenbakken die volgens mij zo meer water krijgen dan ze ooit hebben gehad, en ik knijp mijn sokken ook nog boven ze uit als toetje.

Daar sta ik dan op een maandagochtend op mijn blote

voeten op de tegels, terwijl de koude druppels uit mijn haar in mijn nek rollen. Goed begin van de week. Mijn broek voelt ook hartstikke klam. Zal ik die nog even uittrekken om te drogen? Volgens mij zit ik vanmorgen toch alleen op kantoor. Ik heb het ding net tot mijn knieën afgestroopt als de deur opengegooid wordt.

'Zo zo, gaat er nog meer uit?' Een man met een grote bos haar en een houthakkershemd komt de gang op lopen. Bart. Mijn knuffelbeercollega. Mijn lunchmaatje. Mijn klaagbox.

'Voorlopig niet!' zeg ik. Ik hijs mijn broek weer op. Dan maar koude benen.

Hij houdt de deur voor me open.

'Mevrouw,' zegt hij.

Ik ga achter mijn bureau zitten en leg mijn sokken op de verwarming naast me en zet mijn laarzen er ook in de buurt. Hèhè. Gelukt.

Ik zit op mijn bestemming.

Mijn lotsbestemming, zo je wilt. Tegenover mij zit mijn eeuwig vrolijke uitzicht in de vorm van Sandra, mijn andere collega, minzaam naar me te kijken. Ze haalt nog net niet haar neus op als ze naar mijn sokken kijkt.

'Morgen, San,' zeg ik, vrolijk als altijd.

'Goeiemorgen, Donna,' zegt ze terwijl ze me niet aankijkt en haar vingers nog driftiger op haar toetsenbordje pingelen. Haar blonde haar is strak naar achteren gekamd in een stijve staart en keurig geknipt. Nog altijd wacht ik op de dag dat er één haartje ontsnapt uit het gelid. Het zal de dag zijn dat er nog hoop zal blijken te zijn voor haar.

Zo, ik zit. Ik hoop dat de telefoon niet meteen gaat, want ik moet echt even bijkomen. Ondertussen zet ik mijn computer vast aan en houd mijn hoofd zo recht mogelijk, want de druppels vallen op mijn opengeslagen giga-agenda. Als er maar niks vlekt.

Slechts achtennegentig mailtjes! En iets meer dan de helft met een rood uitroepteken.

Dan verschijnt er achter de monitor een hoofd. Het is een blij hoofd.

'Volgens mij kun je deze wel gebruiken,' zegt het.

Bart zet een kopje koffie voor me neer. 'En deze lust je zeker ook wel.' Voor m'n neus legt hij twee grote kersen-bonbons.

'Waarom doe je dat nou?' vraag ik, terwijl ik van de eerste het papiertje al afscheur en mijn dijen voel groeien.

'Omdat ik van je houd!'

'Dank je,' mompel ik onverstaanbaar en jammer genoeg kan ik er niet al te lang van genieten, want de telefoon gaat en ik moet de heerlijke klont chocola in één keer doorslikken.

'Studio Zeventien, met Donna van Dalen spreekt u,' zeg ik.

*

Zo ziet mijn leven eruit. Ik ben zevenentwintig jaar, ik werk al meer dan vijf jaar bij Studio Zeventien (EsZet) en ik woon in een leuke flat in Amsterdam-Zuidoost. Alleen. Nou ja, alleen met mijn kat Lorenzo. Ik ben begonnen bij EsZet als receptioniste, maar ik heb mij opgewerkt en nu werk ik hier op kantoor met Sandra en wij regelen de afspraken met de BN'ers. Om te vragen of ze komen, om te zorgen dat ze kunnen komen, dat ze weten waar het is, dat ze koffie krijgen, dat ze weer weggaan en dat ze hun reiskosten vergoed krijgen. Best leuk werk. Maar je moet je er ook weer niet te veel van voorstellen. In bijna alle gevallen spreek ik niet met de BN'er zelf, maar met zijn of haar manager, coach, woordvoerder, eega, minnaar of huishoudster. En aangezien de omroep die bij ons de uitzendingen maakt nogal politiek georiënteerd is, zijn de meesten van de beroemdheden saaie grijze pakken of truttige mantelpakjes. Werkelijk, ik houd ze niet eens uit elkaar. Mijn enige hoop is dat ik ooit nog persoonlijke secretaresse word van Eric, onze baas. Want dan kom je tenminste ook ín de studio.

Bart is onze technische man. Hij weet alles van software en hardware en alle computers die we hier gebruiken. En dat zijn er nogal wat.

Hoewel EsZet een internationaal bekende studio is runnen we de tent praktisch met z'n drieën.

Zoals gezegd doe ik dat werk samen met Sandra, mijn lieftallige collega. Ze werkt niet de hele week en om wat voor reden gebeuren de rampen altijd als ik werk en de leuke dingen als zij ook werkt. Ze heeft een man en twee kinderen en ik verdenk haar ervan dat ze nog nooit in haar leven later dan twaalf uur naar bed is gegaan, nog nooit een leeg wijnglas in haar hand heeft gehad en een cd van Barry White zo ongeveer het ruigste is wat ze ooit gehoord heeft. Haar bureau is gevuld met honderden foto's van haar kinderen en van haar man en van haar man én haar kinderen en foto's waar ze met z'n vieren op staan, op het strand, de markt, thuis en in de speeltuin. Ze hebben ook nog een poes, dus die staat ook op tig foto's. Gelukkig staat haar bureau tegen dat van mij aan zodat ik alleen maar tegen de achterkanten van die zoetsappige tafereeltjes aan hoef te kijken.

Ik begin de mailtjes af te werken. Dat schiet niet echt

op, want voor elke die ik afwerk komen er twee terug. Zo kan ik natuurlijk beter ophouden met werken, dat is een stuk efficiënter. Ik haal nog een kopje koffie voor mezelf en voor Bart en een glas water voor Sandra.

Hé, een mailtje van Bart. Ik kijk naar hem, maar hij zit heel ernstig te fronsen naar iets op zijn scherm.

Datum: 28 april 9:17
Aan: Donna_van_Dalen@EsZet.com
Van: Bart_Bereklauw@EsZet. com
Onderwerp: Lunch

Kroket of frikadel?

Je prins op het witte paard

Een paar keer per week gaan we samen lunchen bij Holle Bolle Gijs. Sandra vindt dat, geloof ik, maar niks. Ten eerste luncht ze niet. Ze lijnt eeuwig en dat terwijl ze minder dan veertig kilo weegt. Ten tweede vindt ze het een verspilling om vijf euro voor een broodje te betalen als je dat voor een paar cent zelf thuis smeert. Tja, dat is natuurlijk zo. Maar ik zie het meer als een investering in mijn levensgeluk. Je moet het tenslotte zoeken in kleine dingen, toch? Afgezien van het feit dat ik zelden vers brood in huis heb, geen beleg dat niet levensbedreigend over de datum is en al helemáál geen tijd om die dingen 's morgens te combineren. En ten derde ergert Sandra zich dood als Bart en ik samen zijn. Dus we gaan standaard lunchen als zij er is en meestal ook als zij er niet is.

Ik mail terug:

Voor het paard een peen, voor de prins een kikker.
Halfeen naar HBG?

Hihihiii! Bram heeft een animatie van een briesend paard toegevoegd.

Ik lach. Sandra kijkt geërgerd op.

Dan daalt de temperatuur in ons klamme hokje opeens met enkele graden. Het licht dempt, mijn ademhaling stokt, mijn rug schiet als vanzelf in een ik-werk-hardhouding. In de deuropening staat een man. Een grijze man in een pak van karton. Eric van Zuilen. Hoewel hij niet heel groot is vult zijn aanwezigheid de hele ruimte. Hij heeft het haar dat links van zijn schedel groeit, over zijn kale hoofd naar rechts gekamd. Zijn rode wangen wekken bij mij altijd iets vertederends op, waardoor ik in eerste instantie geneigd ben om hem over zijn bol te aaien in plaats van zoet naar hem te luisteren. Ik ga meteen op mijn handen zitten. Want hij is mijn baas. Alleen zegt hij op dit moment nog niets. Ik hoor slechts het zoemen van de computers. Van Zuilen komt naast mijn bureau staan.

'Ik heb nog geen afspraakbevestiging,' zegt hij. Hij tikt op mijn monitor.

Mijn brein weigert acuut dienst. 'Waarvan?' stotter ik. 'Afspraak?'

'Van de afspraak van halfdrie. Kom op, meisje. En deze mensen moet je even nabellen.' Hij werpt een pak papier op mijn bureau.

'Voor twee uur klaar.'

Dan loopt hij naar Barts bureau. Ik zie dat Bart rechtop gaat zitten en zijn voeten onder de stoel trekt.

'Wil je even naar mijn pc kijken? Er gaat iets mis met de mail.'

Bart knikt vlug. 'Ik kom eraan.'

Zonder zich om te draaien zegt Eric: 'Sandra, prima geregeld, die externe vergadering.'

Sandra straalt. 'Bedankt, meneer Van Zuilen,' glundert ze.

'Wil je me straks assisteren bij de uitzending van half-twee?'

'Natuurlijk, meneer Van Zuilen.'

'En wat doen die sokken daar op de verwarming?'

Op zijn hakken draait hij zich om en klapt de deur achter zich dicht. Het duurt enige tijd voor de stofwolken opgetrokken zijn en de temperatuur weer wat is gestegen. Al die tijd durft niemand wat te zeggen. Alleen Sandra zit druk te typen en te stralen.

'Poeh,' zegt Bart.

'Mamma mia,' zeg ik.

Als ik mijn lijf weer durf te bewegen trek ik mijn klamme, warmvochtige sokken weer aan. Ik kijk met afgrijzen naar de stapel adressen die ik geacht word na te bellen. Dat wordt niet lunchen vandaag. Dat wordt nog niet eens een kopje poedersoep tussen de middag achter mijn bureau wegslurpen. Dat wordt werken. Beulen. Afzien. Dingen met zweet doen waar je moe van wordt.

Bart is opgestaan en loopt met hangende schouders en een frons tussen zijn wenkbrauwen naar de deur.

'Wens me sterkte,' zegt hij. 'Het was erg fijn dat ik je heb leren kennen. In een volgend leven gaan we trouwen, oké?'

'Oké,' zeg ik.

'Vaarwel, wrede wereld,' en Bart trekt de deur achter zich dicht. Die blijft wel even weg, want onder ons gezegd en gezwegen, Eric van Zuilen is niet erg handig met de computer. Hoewel, je moet wel erg slim zijn om zulke stomme dingen met je computer uit te kunnen halen, dingen waarvan zelfs Bart niet wist dat ze mis konden gaan. Daar zit ik dan. Sandra helemaal in de wolken omdat ze haar baas op zijn rug mag krabbelen vanmiddag.

Ik start msn op de computer. Gelukkig! Sasja is online.

Sasja zit op haar werk ook de hele dag achter de pc. Ze doet iets met orders beheren, maar precies weet ik het ook niet. Sasja heeft het namelijk ook nooit over haar werk.

– *Verveel jij je ook zo?* typ ik met één hand, want met de andere houd ik de telefoon vast, waardoorheen ik een telefoongesprek voer.

– *Rot! Wie dat ooit bedacht heeft, werken. Gelukkig heb ik wel uitzicht op een paar erg lekkere glazenwassers vandaag. En jij? Heeft Bart je alweer ten huwelijk gevraagd?*

– *Pas voor de zeshonderdste keer. Ben je al hersteld van zaterdagavond?*

– *Nee! Jij wel? Ik vrees dat ik de rest van mijn leven een chronische kater heb. Ik moet een hersenbeschadiging opgelopen hebben, dat kan niet anders. Maar wat hebben we gelachen, hè?*

– *Nou! Toen jij in de armen sprong van de garderobejongen heb ik gepiest van het lachen.*

Sasja houdt even op met typen. Ik voel de verbijstering via de draadloze verbinding groeien.

– *Was dat de garderobejongen? Ik dacht dat het de uitsmijter was.*

Ik schiet in de lach.

– *Hij heeft zich wel vermaakt. Dacht meteen dat ie verkering had. O, hij was zo lief en nog geen achttien jaar.*

– *Was ik echt zo dronken?*

– *Ach, nog niet zo erg als de vorige keer, toen je je hand in die agent z'n broek stak.*

– *En hoe is het dan gekomen dat ik wel in mijn eigen bed wakker ben geworden?*

– *Mark heeft je gered. Die zei: is het weer zover? en plukte je uit de grijpgrage handjes van de garderobejongen. Daarna heeft hij je in je bed geknald en is zelf naar huis gegaan. Meteen.*

Sasja heeft geen man, maar wel een ex. Mark dus. En wat voor eentje. Een echte. Compleet met slaande ruzies, exen-seks, veel lunches samen en diepe gesprekken. Sasja zei zaterdag dat ze nog nooit zo'n goeie relatie heeft gehad met een man sinds ze het uitmaakte met Mark.

Ik wou dat ik zo'n ex had. Mijn exen zijn allemaal uit beeld verdwenen, verslagen, teleurgesteld, *zum Tode betrübt*, naar de andere kant van de wereld getrokken of gewoon extreem irritant. De enige ex die tegen mijn zin is vertrokken was Angelo. Ik werd geruild voor een zak knikkers en toen was Riccardo opeens mijn vriendje.

– *Zullen we zaterdag eens naar dat nieuwe Griekse tentje gaan?* typ ik. *Nu al zin in.*

– *Is goed, maar ik wil wel om zes uur hardlopen.*

Sasja is verstandig. Irritant verstandig. Walgelijk, weerzinwekkend verstandig. Zij is zo iemand die zich iets voorneemt en zich daaraan dan ook gewoon houdt. Alsof dat normaal is. Waar elk normaal mens en zeker iemand zoals ik al heel tevreden is en zelfingenomen met uitsluitend het vóórnemen om te gaan hardlopen, doet zij het ook gewoon. En als je daar dan je bewondering over uitspreekt reageert ze verbaasd: hoezo, ik heb het me toch voorgenomen?

Als ze zes kilo wil afvallen (wat om bovengenoemde

reden nooit voorkomt) dan valt ze gewoon zes kilo af. Omdat ze zich dat voorgenomen heeft. Zij plant haar dronkenschappen dan ook zorgvuldig.

Ik wil daar net iets subtiel-gemeens over typen als iets in mij blokkeert. Mijn vingers blijven boven het toetsenbord zweven.

Er was iets.

Het was niet alleen die stapel telefoonnummers, die hier nog onaangeroerd naast mijn toetsenbord ligt te liggen.

Er was nog iets.

Iets met werk.

Eric.

Hij had het over een afspraakbevestiging? Zwetend kijk in mijn agenda. Ik zie het staan. Om halfdrie afspraak met minister Van Voorland.

Het bloed trekt uit mijn gezicht weg.

Ik hoef het niet na te kijken. Ik weet het zeker: ik ben die afspraak vergeten te maken.

– *Sas, crisis, ik moet aan het werk*, typ ik en klik msn weg.

Onmiddellijk pak ik de telefoon en bel Van Voorlands secretaresse. In gesprek. Tuurlijk. Ik kijk op de klok. Nog krap twee uur de tijd.

Bellen. Voicemail zonder inspreekmogelijkheid! Wat is dat nou voor secretaresse.

'Is er wat?' vraagt Sandra glimlachend. 'Kan ik je ergens mee helpen?' Dat zou je wel willen, denk ik. Het braafste meisje van de klas. Lekker je beter voelen dan een ander. Echt niet.

'Nee hoor,' zeg ik net iets te bits. ' Niks aan de hand.'

U vraagt een afspraak om halfdrie? U krijgt een afspraak om halfdrie.

Ik bel Emma. Die is journalist en kent zoveel mensen dat ze extra geheugen moest kopen voor haar palmtop.

Ze neemt direct op.

'Noodgeval,' zeg ik. 'Je moet me helpen.' Ik leg het uit.

'Oké, duidelijk!' zegt ze. 'Laat me even denken. Ik weet dat er bij Lunchroom De Duinen veel politici lunchen. Nu werkt daar de ex van die jongen die ik ooit geïnterviewd heb over het buurtcomité 'Nee, nee en nog eens nee'. Zijn pr-manager was daarbij en die heeft toen iets gezegd over mevrouw Seeland, die toentertijd als voorzitter van de Raad van Bestuur ontslagen is omdat ze het zou hebben gedaan met de penningmeester, maar goed, dat doet er nu niet toe. Wat ik heb onthouden is dat de huidige voorzitter geregeld gesignaleerd wordt met die man die ooit zijn eigen kookprogramma had, kom, hoe heet hij toch?'

Ik haal mijn schouders op, zeg heel bewust niets, want ik weet heel goed dat ik Emma nu absoluut niet moet onderbreken, omdat deze stortvloed van woorden betekent dat ze iets op het spoor is, iets dat mij gaat redden van ontslag, van de goot, van leven over het randje van de afgrond.

'Die man heeft een eigen club gehad in Rotterdam. Is overgenomen door de zus van de styliste van de zangeres van de Dijkbouwers. En laat ik daar nu een telefoonnummer van hebben. Ik bel je zo terug.'

Ik blijf nog even zitten met de telefoon aan mijn oor. Net alsof ik heel rustig een gestructureerd gesprek voer en heel doelgericht en stressloos mijn zaakjes regel.

'Prima in orde,' zeg ik. 'Genoteerd.' Ik schrijf wat op een briefje en leg de telefoon neer.

'Wil het niet zo lukken?' vraagt Sandra poeslief. 'Ik

wil je anders echt wel even helpen, hoor!'

'Het gaat prima, meid,' zeg ik. Ik begin te rammen op het toetsenbord alsof ik een symfonie speel in D-terts. Bel nou terug, zing ik in gedachten een hele opera mee.

Nog voor mijn mobiel zijn eerste rinkeltje heeft af kunnen maken neem ik weer op. Emma.

'Donna, die Van Voorland zit NU op de tennisbaan. Schiet op, want het is 15-40 en hij kan er niks van.'

Bart, je moet me helpen, sms ik.

Bart heeft zoals altijd aan een halve piep genoeg. Meteen staat hij naast me.

'Wat is het?'

'Naar de gang,' duw ik hem, weg van die leedvermakelijke ogen van heks Sandra.

Ik gooi de deur achter me dicht en gooi Barts jas naar hem toe. 'Pak aan! Ik moet Van Voorland hier om halfdrie hebben. En hij weet nog van niks. Pak je motor, vlug, en knal naar de tennisbaan in Zuid!'

Barts ogen veranderen in die van Clint Eastwood.

'Dat gaan we regelen,' zegt hij vastberaden met lage stem. Bart pakt zijn helm en voor mij lenen we er een van Sandra, die altijd op haar bromfiets komt. We verlaten de studio en lopen het parkeerterrein op. Bart rijdt zijn motor uit de stalling en geeft een ongelooflijke hoeveelheid gas als ik achterop spring.

'Jieeeha!' joelt Bart. We rijden met zeker tachtig de parkeerplaats af en schieten nog net op tijd door een oranje verkeerslicht de kruising over. Ik houd Bart vast alsof hij mijn laatste strohalm is in een levensbedreigende tornado. Wat in feite zo is.

Na een wegopbreking, een politieagent die wild zwaaiend zijn auto probeert te keren wat vanwege te veel dubbel geparkeerde auto's niet lukt, een woedende pizzabezorger die we de pas afsnijden, een glazenwasser die zich nog net kan vastgrijpen aan de dakgoot en een meisje op een paard dat op hol slaat, komen we bij de tennisbaan aan.

Net als ik afstap en mijn kapselverwoestende helm afzet zie ik in een flits een man die verdacht veel lijkt op Van Voorland in een zwarte bolide weer wegrijden.

'Daar gaat ie!' schreeuw ik en spring weer op de motor. 'Erachteraan!' Bart maakt een haarspeldbocht en we rijden in volle vaart achter de zwarte bolide aan. Die rijdt ook behoorlijk hard, Bart moet moeite doen om hem bij te houden.

'Hij gaat de rondweg op!' roept Bart achterom. 'Richting Schiphol!' O shit, dat kan er ook nog wel bij. Straks verdwijnt hij de lucht in, neemt hij mijn baan, mijn toekomst, ja alles mee en laat mij slechts de drek, het afvoerputje, het riool van het bestaan. Dwars door Barts jas voel ik zijn warmte, zijn stevige rug en ik krijg zowaar een vaag prins-op-het-witte-paardgevoel. Ik zit hier achterop bij mijn held die mijn toekomst probeert te redden; de draak te verslaan om de mooie prinses te veroveren. Mijn haar wappert onder mijn helm en ik zit met mijn benen tegen de benen en de billen van Bart en dan met die brullende motor tussen onze benen, die bonk kracht, die paar honderd pk's. Ongelooflijk, ik wist niet dat dat zo erotiserend kon werken. De lieve ongeschoren nekkrulletjes van Bart die ik onder zijn helm zie vind ik opeens niet schattig meer, ik vind ze woest aantrekkelijk! Ik snap niet dat ik dat niet eerder gezien heb. Ik wil ze een voor een in mijn mond nemen en er zachtjes met mijn tanden aan trekken tot het hem net een beetje pijn doet.

Opeens ben ik me ervan bewust dat ik al een tijd een sirene achter ons hoor.

Ik voel aan Barts rug dat hij het ook gehoord heeft.

'Zet je schrap!' brult hij boven het geluid van de motor uit.

De zwarte auto met daarin Van Voorland slaat af, inderdaad richting Schiphol, maar Bart lijkt rechtdoor te rijden op de linkerrijstrook. Een politieauto rijdt vlak achter ons. Pas op het allerlaatste moment, in de laatste fractie van de laatste seconde schiet Bart over de weg en slaat af, achter Van Voorland aan. De politieauto rijdt rechtdoor. Mijn hart klopt in mijn keel, maar ik schreeuw het uit: 'Yeeecceeeah!' Wat is dit geweldig! In een volgend leven word ik Knightrider of een Duke of Hazard, echt waar! Dit is beter dan seks, beter dan bungeejumpen! Ik wil bloot zijn motorjack aan en terwijl we met honderdveertig kilometer per uur over de snelweg rijden van achter op de motor naar voorop kruipen en hem het sturen onmogelijk maken. Dat heb ik eens gezien op tv. Maar voor het moment volsta ik ermee mijn hoofd tegen zijn rug aan te leggen en mijn armen zo ver mogelijk om hem heen te slaan. Even wegdromen alsof Bart een man voor mij zou kunnen zijn.

Bart knettert direct achter Van Voorland aan de parkeergarage in. Niet ver van waar hij parkeert zetten ook wij onze motor neer. De stilte die volgt als Bart de sleutel omdraait is zowel ontluisterend als ontnuchterend. Het opzwellende gevoel onder in mijn buik lost meteen op en op het moment dat Bart zijn helm afzet en met zijn netuit-bedhaar naar me kijkt weet ik weer dat hij gewoon broer Bart is. En dat we heel erg nodig Van Voorland om halfdrie in EsZet moeten hebben omdat ik anders mijn leven niet zeker ben. Of, mijn leven wellicht nog wel, maar niet of ik elke avond genoeg eten heb en een plaats om te slapen en de daklozenkrant te verkopen.

'Je was geweldig,' zeg ik als we afstappen.

'Dank je,' knipoogt Bart. 'Jij ook.' Even staan we elkaar wat ongemakkelijk aan te gapen. Tenslotte hebben we net samen een machtige ervaring gedeeld en dat schept een intimiteit waar ik zo gauw even geen raad mee weet.

'Wat nu?' zegt Bart. 'Mijn deel zit erop.' Een paar meter verder zie ik Van Voorland uit de auto stappen met zijn koffertje. Tja, wat nu?

Gewoon de botte bijl. Gemixed met vrouwelijke charmes. Ik doe de drie bovenste knoopjes van mijn blouse open en trek het sjaaltje uit mijn haar, wapper het los en zet mijn mobiel op scherp.

'Meneer Van Voorland!' roep ik en ik begin te rennen.

De minister kijkt verstrooid op, zijn tas in zijn handen.

'U wordt over een halfuur verwacht in de Praatshow!' Ik zwaai met de telefoon.

'En u bent? Waarom weet ik dit niet? Mijn secretaresse regelt al dat soort zaken.'

'Ik ben de logistiek coördinator van de uitzending,' ratel ik. 'U heeft een afspraak om halfdrie maar door een communicatiestoornis heeft die mededeling uw secretaresse nooit bereikt. Hier is ze, uw secretaresse.' Ik overhandig hem mijn mobiel.

Van Voorland neemt de telefoon van me aan. 'Ja?' zegt hij terwijl hij me uiterst wantrouwend aankijkt. Ik glimlach en draai zo poeslief mogelijk om hem heen terwijl de chauffeur met één been uit de auto en zijn elleboog op het stuur naar mij kijkt.

'Ik hoor je heel slecht!' zegt hij. 'Wat? Ja, in een parkeergarage. Slechte ontvangst.'

Hij luistert met een diepe frons tussen zijn wenkbrauwen.

'Mmm,' zegt hij en hij kijkt op zijn horloge. De uitdrukking op zijn gezicht verandert. 'Verkiezingsuitslag gunstig beïnvloeden?' Hij trekt één wenkbrauw omhoog. 'Zóveel kijkcijfers? Mm, dat verandert de zaak.'

Hij zegt tegen zijn chauffeur: 'Redden we dat nog, Cor? Over twintig minuten in Studio Zeventien?'

Cor trekt zijn mondhoeken naar beneden. 'Ik weet het niet,' zegt hij.

'Het moet!' zegt Van Voorland.

'Weet je wat,' zeg ik. Ik overhandig mijn helm (die me toch al iets te groot was) aan de minister en wijs hem naar Bart, die een eind verder naast zijn motor staat te staan.

'En hoe kom ik terug? En hoe kom jij thuis?'

'Ik rijd...' Ik wapper een beetje vaag om me heen.

'Zij rijdt gewoon met mij mee,' zegt Cor. 'Ik rijd naar de studio en pik u daar weer op na afloop.'

Van Voorland aarzelt een kwart seconde en loopt dan naar Bart toe die verwelkomend zijn hand richting motor houdt, alsof hij de ober is in een duur restaurant.

Ik zet de mobiel aan mijn oor. Emma kraakt nog steeds met haar zakje.

'Dank je, Em,' fluister ik voor ik de verbinding verbreek.

Van Voorland steekt stijf zijn been omhoog en klimt op de motor alsof hij een drol in zijn broek heeft hangen.

Als hij zit geeft Bart een enorme dot gas en scheurt de

parkeergarage uit. Mij met een grijnzende Cor achterlatend.

Cor is tegen de pensioengerechtigde leeftijd en wekt bij mij enkel warme opagevoelens op. Zonder enige twijfel stap ik bij hem in de auto, achterin voor de zekerheid en dan rijdt hij weg, me af en toe lieftallig aankijkend in de achteruitkijkspiegel.

Dit kost je een fles rosé in De Verjaardag Van Ome Henk, sms't Emma.

Een goeie deal voor het redden van mijn baan, druk ik terug.

'Zo, meis,' zegt Cor na een tijd. 'Wat een baan heb jij, zeg.'

'Nou! Waar anders maak je mee dat je 's morgens nog afspraken zit te synchroniseren en 's middags op het voorverwarmde plekje van Van Voorland door een chauffeur naar je werk teruggereden wordt?'

Cor buldert van het lachen.

'Haha! Jij hebt thuis elke avond heel wat te vertellen zeker.'

'Mijn kat houdt niet zo van al dat gepraat als ik net terug ben,' zeg ik.

Cor lacht weer.

'Je gaat me toch niet vertellen dat jij alleen woont, hè?'

'Heerlijk,' zeg ik. 'Geen zweetsokken, geen voetbal, altijd het dopje op de tandpasta.'

Cor kijkt me in de achteruitkijkspiegel aan.

'Weet je, meisje,' zegt hij na een tijd. 'Ik ben al zesenzeventig jaar. Ja echt, goed geconserveerd, he? Dat komt natuurlijk door al die ingeblikte groente uit de jaren zeventig. Toen mocht alles er nog in. Maar goed. Ik heb heel wat meegemaakt. Leuke dingen. Nare dingen. En ik zeg altijd maar zo: met z'n twee maak je het samen mee. Alleen is maar alleen.'

'Mm,' beaam ik.

'Soms vraag ik me wel eens af, die jeugd van tegenwoordig, ze weten niet meer wat houden van is. Echt houden van.'

'Ach,' zeg ik.

'Mijn Annie is al tien jaar dood. Maar ik zweer je, als ze nog zou leven, dan zou ik geen meter meer rijden. Dan zou ik elke dag, elk uur, elke minuut met mijn lieve meisje doorbrengen. Ik ben zo blij met dit baantje. Ik rijd al vijfenveertig jaar. Ja, echt! Ben in een oude kever begonnen. En voor Herman chauffeer ik nu een kleine tien jaar. Ik stem geeneens CDA, hoor. Maar dat hoeft hij niet te weten. Haha! Ach ja. Nee, 't is waar. Met Annie was alles leuker. Twee keer zo leuk. Als ik iets meegemaakt had, dan maakte ik het thuis nog es mee. Ze leefde altijd zo mee.'

We zwijgen weer. We halen een vrachtwagen in waar een banaan met oogjes tegen een appel met oogjes in grote letters zegt: 'Groente en fruit, bij Arno bent u altijd goedkoper uit!'

'Heb jij echt geen man in je leven?' vraagt Cor terwijl hij schakelt en daarna een dropje pakt en er mij eentje geeft.

'Nee,' zeg ik. 'Echt niet.'

'Waarom niet?'

Eigenlijk heeft nog nooit iemand dat zo rechtstreeks aan me gevraagd.

'Houd je de mannen op afstand? Bang om op je bek te gaan?' vraagt Cor. Weer kijkt hij me met zijn helblauwe ogen in de achteruitkijkspiegel indringend aan. Dr. Phil.

'Er is maar één manier om de liefde te kennen,' zegt Cor. 'Ga d'r voor en wees bereid op je bek te gaan. Als je altijd maar wacht tot de liefde jou komt grijpen, kon je wel eens te laat wezen. Dacht je dat Annie mij meteen wilde? Nee joh. Ik heb jaren achter haar aan gezeten en op het laatst zei ze: Een vent die zo goed weet wat ie wil en bereid is om een nacht op de stoep in de kou door te brengen – hoe dat kwam is nog een heel verhaal waar ik je nu niet mee zal vermoeien – da's een vent uit het goeie hout. En we trouwden hetzelfde jaar nog. Je moet niet wachten. Niet op je horloge kijken. Stel je open voor de liefde en die komt vanzelf. En waarschijnlijk uit een heel andere hoek dan jij nu met je romantische hoofd denkt.'

Eindelijk zwijgt hij enkele kilometers. Ik kijk uit het raam en zie de honderden andere auto's waar we mee vast staan in de file.

Opeens begint Cor te zingen. Ik schrik ervan. Cor zingt met zware bas en veel galm:

Mientje wachtte op haar liefde
ze wachtte heel haar leven lang
Sjaak en Koos en Jaap
die stuurde ze naar huis
want Sjaak was te groot en Jaap te arm
en ze wachtte en wachtte heel haar leven lang
Maar Koos bleef van haar houden
en stuurde elke dag een roos
maar Mientje bliefde 't niet
ze gooide ze weg en de deur bleef dicht
tot op een dag de rozen uit de prullenbak weer groeiden
Een wonder en Mientje begreep: de liefde, dat is Koos
Maar toen was het te laat
Koos was gestorven van verdriet, koud en alleen
en Mien bleef haar leven lang alleen

Het zal niet waar zijn! Ik zit hier te janken om een lied gezongen door een schorre bejaarde, terwijl ik op enkele honderden meters afstand van mijn werk ben! Als alleen al de gedachte aan huilen in me opkomt, zwelt mijn gezicht op alsof ik kort ervoor aangesloten ben geweest op een compressor.

Ook Cor pinkt een traantje weg als hij de auto op het parkeerterrein zet.

'Dat vond ik altijd zo'n prachtig lied,' zegt hij. 'Annie hield het ook nooit droog.'

Als hij de motor uitzet staren we allebei even stil voor ons uit.

'Dank je wel, Cor,' zeg ik. 'Dat was erg mooi.'

Cor glimlacht.

'Ik heb nog wat voor je,' zegt hij. Uit het handschoenenvakje pakt hij een boekje en geeft het me. 'Het zijn wat oud-Amsterdamse wijsheden. Geschreven door een vrouw die veel wist. Heel veel. Die geef ik graag door aan de volgende generatie. Je moet 't niet van voor naar achter lezen, maar gewoon voelen welke bladzij je moet lezen.'

Ik buig naar voren en kus hem op zijn rimpelige wang. Cor grijnst nu even niet.

'Houd je haaks, meid,' zegt hij.

Dan spring ik de auto uit en ren zonder omzien de studio weer in en meteen naar de wc. Ik sluit mezelf op en dep mijn ogen met nat wc-papier tot ik het gevoel heb dat men mij weer aan kan kijken zonder met één hand het telefoonnummer van het Riagg op te zoeken.

Ik leg het boek op mijn schoot en bekijk het. Het ruikt echt naar oude boeken. Zou het van hemzelf geweest zijn? Er staan korte wijsheidjes in, eentje per bladzijde, zie ik. Ik sla het boek op een willekeurige bladzijde open.

De liefde klopt zacht aan uw deur. U hoeft alleen maar open te doen. Maar u hoort het niet. U roept er te hard doorheen.

Grappig toeval. Ik stop het boek in mijn tas, haal diep adem en stort mij weer in het werkende bestaan.

2

Aan het eind van dag ben ik moe, moe, moe. Ik kwak mijn auto op de parkeerplaats van de avondwinkel en graai een kant-en-klaarmaaltijd uit de schappen, een fles rosé en wat knabbelnootjes. Een zak chocotoffees en een mega-calorieënbom in de vorm van een slagroomtoetje belanden eveneens in mijn mandje. Omdat het zo'n zware dag is geweest en ik dat gewoon verdiend heb. Hoewel ik al tien jaar een paar kilo kwijt wil en me dat, op een flinke aanval van liefdesverdriet na, nooit gelukt is, komt er ook niks bij. Kennelijk doe ik toch iets goed. En dat is vooral te danken, denk ik even later wanneer ik naar huis rijd, door het parkeerbeleid in Amsterdam en doordat de lift van mijn flat geregeld kapot is of vreselijk stinkt.

Ik parkeer mijn auto zeven straten verder en loop dat hele eind met de boodschappen en de laptop van het werk. Mijn postvakje zit volgepropt met post en reclame-folders. Toch maar eens zo'n Ja/Nee-sticker bestellen, maar eigenlijk vind ik het veel te leuk om die folders door te kijken. 't Is net een beetje winkelen, maar dan op de bank.

De lift laat weer erg lang op zich wachten. Dan de trap maar. Hijgend kom ik op de zesde verdieping. Eindelijk, eindelijk doe ik dat waar ik de hele dag al naar verlangd heb: ik steek de sleutel in het slot van mijn voordeur.

Rust.

Stilte.

Vrede.

Op de bassende muziek van de buren na. Lorenzo komt spinnend en ronkend naar me toe lopen en duwt zijn kop tegen mijn been, snuffelend aan mijn tas.

'He, lieverd,' zeg ik en zet de tas boodschappen neer. Eerst even knuffelen met de enige man in mijn leven die niks van me wil wat ik niet wil, die er altijd voor me is, die altijd blij is om me te zien en die al veertien jaar bij me is. Ja, echt! Op mijn dertiende verjaardag vroeg en kreeg ik mijn allergrootste wens: een klein poesje. En hij bleek de trouwste vriend te zijn die ik ooit heb gehad. Toen we uit Italië verhuisden naar Nederland heeft hij wel moeten wennen. Hij mocht opeens naar buiten en was dan ook prompt een week zoek.

'Kom, ik maak eten voor je,' zeg ik. Lorenzo rent al naar de keuken. Dankbaar krult hij zich om mijn benen en ik kan me nog net vastgrijpen aan de rand van het aanrecht als ik over 'm struikel.

Mijn ouders zijn gewoon Nederlanders, en mijn vader is ingenieur. Iets met grote machines en een opleiding van acht jaar. Toen ik negen was werd hij op een zeer groot project geplaatst in Rome. Het was in feite gewoon een emigratie. Mijn moeder kon als fysiotherapeute daar meteen aan de slag om Italiaanse ruggen uit de knoop te halen. Toen het project van mijn vader afgelopen was konden we wel eerder terug naar Nederland, maar het beviel ons daar goed en mijn ouders vonden het belangrijk dat mijn broer en ik onze school daar afmaakten.

Eenmaal terug in Nederland heb ik me altijd net iets meer een Italiaanse gevoeld dan een Nederlandse.

Ik spreek de taal vloeiend. Ik doe overal oregano op. En olijfolie. Ik vind aardappels niks aan en krijg een identiteitscrisis als Nederland tegen Italië moet voetballen. Ik ontbijt alleen met koffie. Sterke koffie. Staand.

Ik houd van dure kleding. Daar houd ik echt enorm van. Uren kan ik kwijlen voor de etalages in de PC Hooft. Ik heb al een mobiel sinds ze model kano waren. Ik spaar geen zegels, fiets zelden en ik maak me zelfs op wanneer ik de vuilniszak buitenzet.

Ik heb zóveel Italiaanse lucht ingeademd, dat er iets in mijn hersens definitief Italiaans is geworden, en ik iets Nederlands definitief heb uitgeademd.

Ik overweeg vaak om terug te gaan. Ooit ga ik dat ook doen en misschien wel niet eens over heel lange tijd.

Als ik in Italië was blijven wonen, dan was ik allang aan de man geweest. Weet ik zeker. Dat wil zeggen, dat was hier ook wel gelukt, als de liefde wederzijds was. Maar alle mannen die mij leuk vinden, vind ik niet leuk. De mannen hier in Nederland zijn toch, tja, hoe moet ik het zeggen? Lomp. Onbehouwen. Missen het gevoel voor romantiek, de kleine dingetjes.

Zo was daar Mark, die vergat om zijn paraplu aan mij te geven toen ik na een dagje dierentuin in Rotterdam weer met de trein naar huis ging. Het regende weliswaar niet, maar het had kunnen gaan regenen. Snap je? Een Italiaanse man zou me trouwens nooit alleen naar huis hebben laten gaan, die had me met zijn sportauto, die ze daar allemaal hebben, naar huis gebracht.

En ook Ronald heeft het niet gehaald. Hij kookte voor me op een mooie zomeravond en we zaten gezellig op zijn balkon een roseetje te drinken en het was best lekker. Tot ik mijn kauwgumpje weggooide en de verpakking van de traiteur in de prullenbak zag liggen. Tja, dan val je toch wel door de mand, natuurlijk.

En dan was er nog Boris. Boris was bijna perfect. Boris was knap, charmant, deed iets creatiefs bij een vaag bureau en schoor zich maar eens in de drie dagen. Hij droeg strakke zwarte coltruitjes en gele schoenen. Helemaal goed. Bijna. Maar de eerste keer dat Boris bij mij thuis kwam, veegde hij Lorenzo met een nonchalant gebaar van de bank. 'Ik houd niet van katten,' zei hij.

Ik veegde hem met hetzelfde nonchalante gebaar de deur uit. 'Ik houd niet van mannen die niet van katten houden,' zei ik. Tegen de dichte deur.

Vier minuten en zevenhonderd watt verder is mijn eten gereed. Ik trek het plastic eraf, brand mijn vinger en plof gewapend met een vork en de tomatenketchup op de bank. Lorenzo is intussen ook uitgegeten en komt lekker tegen me aan zitten terwijl ik naar een ontzettend trage, zalige soap kijk. Vol met ingezoomde traanogen, omhelzingen waarbij de omhelzer onheilspellend de camera in kijkt zonder dat de omhelsde het ziet, onmogelijke liefdes en andere heerlijke ellende. Wat is het toch vreemd dat je van andermans leed kunt genieten, terwijl je eigen leed al bij een gescheurde nagel of een niet goed gesloten Senseo-apparaat haast ondraaglijk is.

Ik zap nog een paar rondjes langs alle kanalen tot het zelfs mij te veel wordt, al die onzin en troep die je kunt kopen om in één klap voor altijd gelukkig te zijn. Ik hijs mezelf uit de bank om de afwas te doen, die in mijn armzalige leventje altijd uit van alles slechts één bestaat. Eén bord. Eén mes. Eén vork. Eén wijnglas.

Ik zou het allemaal een maand kunnen laten staan. Of een jaar. Maar ik was het toch maar even af. Ik wil elke dag voorbereid zijn op onverwacht bezoek, laten we het zo zeggen.

Een grote kop thee en chocokoekjes. Lorenzo naast me op de bank. Een paar brandende waxinelichtjes in rode glaasjes voor het raam, waar de regen en wind tegenaan beuken. Lekker gezellig met mezelf een avondje niks. Ik had me voorgenomen om vanavond eens niet tv te kijken maar dat dikke boek te gaan lezen dat ik van mijn vader heb gekregen. 'Zo'n goed boek,' zei hij. 'Lekker voor je avondjes alleen.' Leuk, pap, bedankt. Lekker voor mijn avondjes alleen. Heb je dan ook alle delen van *Het Bureau* voor me? Avondjes alleen genoeg.

Had ie niet. Had ie zelfs nog nooit van gehoord.

Maar goed. Het ziet er wel leuk uit, toch? Een vrouw met een kat en een boek. Als iemand me zou kunnen zien, wat vrij lastig is als je zeshoog woont. Ik begin vol goede moed aan de eerste pagina. Maar terwijl mijn ogen de letters volgen, leiden mijn hersens een eigen leven. Na drie bladzijden heb ik nog geen idee waar het verhaal over gaat.

Misschien is dit een goed moment om mijn schrijvers-carrière nieuw bloed in te blazen. Waar was ik ook weer mee bezig de laatste keer? O ja, mijn memoires uit Italië. Het leven van een vrouw met één been in een laars en één in een klomp.

Ik zet de laptop aan. Heerlijk, de warmte van de kat tegen mijn onderbenen en de warmte van de laptop op mijn bovenbenen.

O wacht, Alyssa is online. Alyssa is mijn beste vriendin in Rome. We zaten bij elkaar in de klas en waren onaf-scheidelijk. Als er wat op mijn hart ligt, als Alyssa stoom wil afblazen of we willen gewoon even bijkletsen, dan hebben we elkaar.

Alyssa is ook nog vrijgezel, ze heeft een ontzettend leuke baan als grafisch vormgeefster en ze woont nog

altijd midden in Rome. We begrijpen elkaar verschrikkelijk goed en ongeveer één keer per jaar zien we elkaar in
levenden lijve. De ene keer zij hier in Amsterdam, de
andere keer ga ik naar Rome. Tenminste, dat was de
gedachte. Maar de laatste jaren is het er niet van gekomen
om daarnaartoe te gaan en zij is daarvoor twee keer achter elkaar bij mij geweest. Ik ben al zeker zes jaar niet
meer in Rome geweest. Te lang. Schandalig lang.

Ze is ontzettend chaotisch, vergeet altijd mijn verjaardag, is altijd met zestig dingen tegelijk bezig en ze is
de allergrootste schat van de wereld en ik zie haar veel te
weinig. Onze redding is msn.

Ik moet even omschakelen naar het Italiaans, maar
binnen enkele seconden ratelen mijn vingers op het toetsenbord.

– *Wat ben je aan het doen?*

– *Zit in cafeetje aan Piazza Navona. Ik eet ijs met chocola.
Typ met één vinger. En jij?*

– *Zit met klein harig vriendje op de bank. Rotdag gehad op
't werk. Wat een sufkeutel is die Eric van Zuilen toch.*

– *Is dat die man die zijn haar over zijn hoofd kamt?*

– *Haha! Inderdaad.* Ik heb eens een foto van hem
gemaakt met mijn mobiel en die naar Alyssa gestuurd.

– *Ach ja, mannen.*

– *En hoe gaat het met jou?*

– *Hartstikke goed! Ik ben verliehiefd!*

Ai!

Mijn eerste reactie is een steek in mijn buik. Op sommige momenten ben ik blij dat we niet vlak bij elkaar
wonen, nu kan ik even herstellen en rustig nadenken over
een spontane reactie.

– *Echt?!!*

– Ja! En hij ook op mij!

Verdorie, denk ik. We waren toch partners *in crime?* En meteen borrelt het zware gevoel dat ik de laatste tijd steeds vaker heb in me op: straks blijf ik altijd alleen. Maar goed, Alyssa is vaker verliefd en zolang ze nog met drie uitroeptekens per zin over hem praat hoef ik het allemaal nog niet zo serieus te nemen, weet ik uit ervaring.

– Wat leuk! typ ik plichtmatig. *Hoe heet ie, wat doet ie?* Ondertussen slaak ik een ongegeneerde gaap.

– Hij heet Andreas, hij is tandarts en hij is zooo knap en lief! Wacht, ik mail je wel even een fotootje.

Ook dat nog, denk ik. Duw het geluk me maar door de strot.

Enkele seconden later plopt er een schermpje open op mijn laptop en ik zie een in- en ingelukkige Alyssa en een man die minstens zo gelukkig zijn arm om haar heen geslagen heeft. De foto is ergens op een strand genomen op een zonnige dag.

Ik zucht diep.

En daar zit ik dan, eenzaam en alleen in mijn donkere flatje waar de regen inmiddels weer tegen de ramen spat, naar zoveel liefde uit een andere wereld te kijken. Gelukkig is de man niet echt knap, oud en het ergste: hij heeft een baard. Dat verzacht de pijn.

– Waarom wist ik dat niet?

– O, het is nog maar héél pril. Zo lief, ik moest naar de tandarts, maar mijn eigen chagrijn was er niet, toen was er een vervanger en ik ging in de stoel liggen en hij kwam naast me zitten en nog voor de vulling vervangen was heeft hij me uit gevraagd. En toen ging het heel snel, we…

– Van tandartsen zeggen ze toch dat je er niks van voelt? typ ik gemeen.

– Waar niks van? Ach, hij is zo lief. Weet je, hij zei tegen me…

Ik zucht. Opeens heb ik helemaal geen zin meer om dit gezemel aan te horen! Ik klap het schermpje dicht en loop naar de keuken waar ik een glas rosé inschenk. Bah! Bah! Straks ben ik samen met Sasja nog de enige vrijgezel ter wereld. Mijn andere vriendin Emma is al jaren samen met Peter en ze willen ook graag trouwen en kindjes krijgen.

Ik ga voor het raam staan met mijn benen tegen de verwarming. Ik kijk uit op een stuk of wat flats. Mijn uitzicht lijkt 's avonds wel een kruiswoordpuzzel. Raam verlicht, raam donker. Achter al die ramen zitten mensen, gebeuren dingen.

Twee horizontaal: daar bedrijven ze de liefde. Veertien verticaal: knallende ruzie. Acht horizontaal: daar doet een vrouw een zwangerschapstest. Negen verticaal: daar voert een stel het zoveelste uitmaakgesprek. Nu definitief. Elf horizontaal: daar staat een vrouw alleen voor het raam. Ze is best leuk om te zien, niet te groot en niet te klein, er zouden wel zes kilo's af mogen, maar sinds ze heeft gelezen dat mannen eigenlijk op wat molliger vrouwen vallen is dat streven behoorlijk afgezwakt. Ze heeft donker haar. Ze is wat chaotisch misschien en driftig. Maar dat is haar semi-Italiaanse temperament. Ze heeft een hartstikke leuk leven, ook zonder man. Zelfs zonder man. Júist zonder man. Ze gaat veel uit, heeft best leuk werk, houdt van skeeleren, van lekker eten en van spannende boeken. Die ze ooit zelf gaat schrijven.

Een goed leven. Toch?

*

De volgende dag is de regen gelukkig opgehouden. Ik heb onrustig geslapen, maar ik voel me toch best goed. Als het licht is zien de dingen er heel anders uit dan wanneer het donker is.

Ik rijd naar mijn werk. Het kwartier dat ik daarvoor nodig heb is een prettig begin van de dag. Even tot mezelf komen, nadenken, de week overdenken, de radio hard aan, de nacht uit mijn hoofd blazen.

Ik heb Alyssa gisteravond nog een mailtje gestuurd dat mijn verbinding er plotseling uitklapte: *Sorry, maar ik ben binnenkort weer online, dan kletsen we verder, oké? Veel geluk intussen met je Andreas, en pas maar op met welke gaatjes hij vult.*

Ik zucht. Soms zou ik wat verdraagzamer moeten zijn. Zeker naar mijn vriendinnen toe.

Gelukkig val ik in EsZet meteen met mijn neus in de chaos: er zijn kamervragen over 't een of ander gesteld en de hele studio is in rep en roer voor een interview van twaalf uur. Ik ben de hele ochtend aan het bellen en mailen en mensen geruststellen dat het allemaal goed komt. En dat doet het. Stipt om twaalf uur schuift de minister van Economische Zaken aan en ik plof op mijn stoel.

Missie volbracht. Sjonge. Het lijkt wel werk.

Tegen enen verdwijnen Bart en ik naar Holle Bolle Gijs, een paar straten verder. Studio Zeventien staat in een troosteloze buurt met treurige blokkendozen ontworpen door inspiratieloze en gefrustreerde ontwerpers. Saaie mensen zijn hier veroordeeld tot werken en wonen en ze hebben het niet eens in de gaten. Onze studio lijkt nog het meest op twee scheef op elkaar gezette schoenendozen met raampjes. Ergens in een klein doosje een paar identieke straten verder is snackbar Holle Bolle Gijs gehuisvest. Volgens mij leven ze op de inkomsten die Bart en ik genereren, ik zie er nooit iemand.

Bart houdt de deur voor me open: 'Welkom.'

Ik buig voor hem. 'Dankjewel.'

Nog voor we binnen staan zet Sonja achter de balie het espressoapparaat al voor ons aan en pakt ze twee broodjes uit de vitrine. Want we nemen altijd twee broodjes en twee espresso's. Dit keer wordt het een broodje bal met mosterd (hij) en een broodje frikadel met ketchup (ik). We zitten voor het raam, op de hoge krukken. Sonja zet de broodjes op plastic borden op de spaanplaten venster-bank en loopt naar buiten om een shaggie te roken.

Buiten begint het weer een beetje te miezeren. Toen ik ging werken in Amsterdam had ik visioenen van lunchen met mijn meerderen, van interessante werkoverleggen in hippe tenten, van vergaderingen met buitenlandse gasten in het Amstel Hotel, en kruimels tussen de lakens van dure ontbijten op bed met diezelfde buitenlandse gasten, die me te laat op mijn werk zouden laten verschijnen.

Minzaam glimlach ik om zoveel naïviteit. Buiten waait een plastic zak en een duif vliegt met een frietje weg. Op de stoep ligt een verse drol.

'Heerlijk,' grijnst Bart terwijl hij de mayofles onderste-boven beknijpt boven zijn broodje.

'Niet alles, ik wil ook nog!' doe ik boos.

'Kom maar, ik doe het wel even.'

Hij pakt mijn broodje en verft er een wit mayohartje op. Dankbaar zet ik mijn tanden erin.

Bart is geweldig. We delen in elk geval één liefhebberij en dat is dat we allebei ontzettend van eten houden. Vies

eten. En met vies eten bedoel ik hamburgers, patat, goed-
kope magnetronbroodjes in dubieuze verpakking met
vierhonderd ingrediënten, saté van de andere kant van de
wereld met Chinese tekens erop, ingevroren en nog tien
jaar houdbaar, snoep met lichtgevende kleuren die helaas
bijna niet meer te verkrijgen is. Dat soort dingen.
Daarom zitten we ook zo graag bij Holle Bolle Gijs. Toen
ik Bart pas kende durfde ik natuurlijk niet toe te geven
aan mijn ranzigheid, en hij niet aan de zijne, dus de eerste paar keren kauwde ik de pauze vol met verantwoord
volkorenbrood en een brave banaan, tot we elkaar een
keer na een hele drukke dag tegenkwamen bij HBG. In
plaats van zich te verontschuldigen sprak Bart toen de
legendarische woorden: 'Lekker hè, vies eten.' En sinds-
dien schamen we ons nergens meer voor en spreken we in
de lunchpauze vaak hier af. Heerlijk. Een broodje bal, een
kaassoufflé met mayo, een eierbal met gebakken uitjes.
En een kauwgumpje daarna voor de mogelijke overlast
voor onze collega's.
   'Hé meissie!' Bart slaat zijn espresso achterover. 'Je ziet
er vermoeid uit!'
   'Ben ik ook,' zeg ik.
   'Eet je wel gezond?' vraagt hij. Gelukkig zie ik de spot-
tende lach in zijn ogen.
   'Ach,' zeg ik. 'Vrijgezellenvoer. Je kent het wel.'
   'Kom je binnenkort bij me eten? Dan warm ik jouw
eten op en jij het mijne. Heb je toch het gevoel dat er
voor je gekookt is!'
   Ik grijns. 'Lijkt me een goed idee!' Eten bij Bart doe ik
wel vaker. Het is zo heerlijk relaxed. Ik durf bij hem
gewoon een sliert extra mayonaise te nemen, mijn vingers
af te likken en ik hoef nooit na te denken over wat ik aan-

trek of dat ik niet te veel knoflook eet in verband met je-weet-maar-nooit-hoe-dicht-we-nog-bij-elkaar-komen-te-zitten-vanavond. Bart is gewoon Bart en, naast Lorenzo, de enige stabiele factor in mijn leven.

'Kom, we gaan ons weer prostitueren onder de bezielende zweep van Eric,' zegt Bart. Hij legt een tientje op de balie.

'Tot de volgende keer,' zegt Sonja, die zojuist haar shagje op straat heeft gegooid en op de kassa slaat om het ding open te krijgen.

Op de een of andere manier hoop ik altijd dat als we terugkomen van de lunch er iets gebeurd is op kantoor. Iets dat mijn hele leven verandert. Brand of zo. Ontploffing mag ook. Of een recruiter van een duur bureau die me eindelijk, eindelijk gevonden heeft en een vet contract voor m'n neus houdt. Of een regisseur die ziet dat ik alles in me heb om actrice te worden. Maar op de een of andere manier gebeurt er nooit wat. Het lijkt zelfs alsof alles alleen nog meer ingekakt, uitgedoofd en gestorven is. De tijd lijkt hier zoveel trager te gaan, een modderstroom waar je alleen maar heel langzaam tegenin kunt zwemmen tot het eindelijk, eindelijk vijf uur is. Om de volgende ochtend tot de ontdekking te komen dat je weer terug bij af bent.

Ik zucht zo diep dat Sandra me moederlijk aankijkt, waarop ik zeg: 'Heerlijk, zo'n vluggertje in de pauze.'

'Warm en snel.' Bart schuift z'n stoel aan. 'Zoals het hoort.' Sandra's snel opkomende roze koontjes zijn op z'n minst aandoenlijk te noemen.

's Middags heerst er een serene rust op het kantoor. De interviews zijn allemaal bezig, of al achter de rug. Het enige wat me nog te doen staat is het archiveren van honderden mails, post van enkele weken en het bijwerken van het adressenbestand.

Ik zit achter mijn pc en surf voor de lol eens naar relatieplanet.nl. Gewoon voor de lol, hè, niet omdat ik iets wil. Gewoon eens medelotgenoten bekijken, die wél zo wanhopig zijn om zichzelf als vee aan te bieden op de markt die internet heet. Ik log in met mijn account. Want die heb ik al eens eerder aangemaakt, toen ik ook gewoon nieuwsgierig was wat voor soort mensen zich nu aanmelden op zo'n site. Toen had ik verder niets over mezelf verteld, omdat ik eerst eens wilde snuffelen tussen het aanbod. Eerst eens bij de vrouwen kijken om mijn zelfvertrouwen wat op te krikken. En dat lukt. De meest halfvergane zeekoeien en spinnige heksen lonken naar de gunst van de bezoeker. Ranzig gewoon. En van de mooie vrouwen begrijp ik niet dat ze erop staan, dus ik vertrouw ze meteen niet.

Bij de mannen zit er ook veel kaf tussen het koren en een aantal waarvan ik vermoed dat ze hun foto uit een postordercatalogus hebben gehaald of van Google hebben geplukt met als zoekterm 'hunk'.

Weet je, ik ga het gewoon voor de grap eens proberen. Voor de lol. Research voor mijn boek. Anoniem.

Leuke jonge vrouw, met Italiaans bloed, zoekt...

Nee. Ik delete de tekst weer. Ik zoek niks. Laat ze mij maar zoeken. Ik knaag op mijn balpen.

Leuke jonge vrouw met harig vriendje zoekt leuke jonge man om door gevonden te worden. Briljant! Al zeg ik het zelf. Ik zou als man meteen reageren.

En er moet natuurlijk een foto bij. Hmmm. Al mijn leuke vakantiefoto's staan thuis op de pc.

'Bart!'

'Mmm?' Hij kijkt op, vermoeid.

'Maak 'es een leuke foto van me!' Ik gooi hem mijn mobiel toe.

'Waarom?'

'Ach, zomaar.'

'Je bent toch geen ondeugende dingen van plan? Heb je een verrassing voor me?'

'Nee, ik houd m'n kleren gewoon aan!'

'Jammer,' zucht Bart. 'Maar kom maar. Hoe wil je erop?'

'Even denken.' Ik zie dat Sandra geërgerd nog harder begint te typen.

'Ik spring voor de camera en jij drukt op het goeie moment af. Anders wordt het zo'n geposeerde foto.'

'Oké. Goed idee.' Bart gaat staan met de mobiel in de aanslag. 'Springen maar!'

'Je moet wat hoger staan.' Ik pak een stoel. 'Dan zie je mijn onderkin niet zo.'

'Dan is de stoel niet hoog genoeg. Weet je wat we doen?' Bart kijkt rond. 'Ik ga op tafel staan, en jij werpt je hier op de vloer en lacht naar de camera. Dat wordt vast een hele spontane foto.'

Zo gezegd, zo gedaan.

Ik ren vanaf de deur en spring voor het mobieltje dat Bart zo hoog mogelijk boven zich houdt en roep: 'Tada!'

'Hmmm,' zegt Bart terwijl hij op het schermpje kijkt. 'Je ogen zitten dicht.'

Ik doe het nog eens. Deze foto wil Bart niet eens laten zien en hij wist hem meteen. 'Anders kost het je weer een jaar therapie.'

Het lukt nog niet zo snel.

Hier zie ik eruit alsof mijn IQ niet hoger is dan mijn schoenmaat.

Hier hangt mijn haar voor mijn ogen.

Hier kijk ik net te streng.

Hier kijk ik te boos.

Hier kijk ik te angstig.

Hier staat mijn hoofd er maar half op.

En hier staat de baas erbij op.

Oeps. Eric van Zuilen staat opeens achter ons. Zijn adem bevriest onze achterhoofden.

'Wat is hier aan de hand?'

'Sorry.' Ik klap m'n fototoestel dicht.

'Wordt er hier nog gewerkt?'

'Natuurlijk'. Ik ga meteen achter mijn bureau zitten en begin in het wilde weg te typen. Bart heeft meer geluk: zijn telefoon gaat en hij begint meteen allerlei technische termen te roepen.

Van Zuilen kijkt nog een paar seconden heel streng in het rond, maar omdat er verder weinig mis lijkt, draait hij zich om en beent ons kantoor uit.

Bart en ik schieten in de lach. Maar pas na een halfuur durf ik m'n fototoestel weer tevoorschijn te halen.

Die laatste foto is wel heel goed gelukt! Precies de goede mengeling van vrolijk, spontaan en pit.

Ik knip Eric eraf en laad de foto en zet hem bij m'n profiel. Kom maar op.

Dan sluit ik relatieplanet en zet me zuchtend aan het werk.

Een uur later heb ik zo hard gewerkt dat ik vind dat ik wel even wat anders mag doen. Ik open het venster van relatieplanet.

Al twee reacties! Nu al! Van ene Pedro en van Michel. *Hoi*, da's die van Pedro. *Ik wil je graag beter leren kennen. Wil je me een mailtje sturen?*

Michel schrijft: *Dag. Wat een mooie foto. Je lijkt op Yvon Jaspers, maar dan met krullen. Zullen we daten?*

Die Michel lijkt me wel aardig. Hij staat op de foto met een ballon en een glas in zijn hand. Ik kan niet zien wat er in zit, maar de foto is op een feestje gemaakt en dat spreekt natuurlijk ruim voor hem. Pedro kijkt wat gekweld. Daar heb ik niet zo'n zin in.

'Ik heb al twee reacties!' zeg ik tegen Bart.

'Ik sla ze in mekaar!' Bart komt achter me staan en kijkt mee. 'Hoe halen ze het in hun hoofd!'

'Die Pedro is niks,' zegt hij. 'Als je daar mee uitgaat neemt hij je vast gezellig mee naar het kerkhof. En die Michel...' Bart houdt zijn gezicht vlak bij het scherm.

'Nee,' zegt hij. 'Hij kijkt scheel. Vroeger had ik een vriendje dat Michel heette. Hij liet slakken over zijn armen lopen. Michels zijn raar. Michels willen hun kauwgom met je delen. Dat vinden ze romantisch.'

'Houd op!'

'Je gaat toch niet met hem daten? Terwijl je ook dit goddelijk lichaam het jouwe zou kunnen noemen, vanavond nog?'

Ik aai Bart over zijn buik. 'Je bent een lieve knuffelbeer,' zeg ik. 'Gezellig voor op bed. Maar niet erin.'

Sandra zucht hoorbaar. Bart en ik kreunen nog wat harder.

Ik sluit het programma weer. Toch leuk. Al na een uur aan het wereldwijde web te zijn blootgesteld heb ik al twee aanbidders. Niet slecht.

Thuis ga ik er weer voor zitten met mijn laptop op schoot. Ik zoek een hele tijd tussen de mannen, maar er zijn er maar een paar die me aanspreken. De meeste mannen vind ik toch te... ja, te Nederlands.

Ik bel Sasja.

'Wil je eens even met me meekijken?' vraag ik. Ik noem het adres en de codes.

Inmiddels heb ik nog drie reacties gekregen, maar de een is met zijn zesendertig bejaard, de ander heeft twee spelfouten in zijn mailtje en de derde is zo lelijk dat ik even denk dat zijn foto niet serieus bedoeld is.

'Michel is leuk,' zegt Sasja.

We analyseren de foto.

'Ik denk dat hij wel intelligent is.' Ik hoor dat Sasja haar koffie roert.

'Maar niet té.' Ik klem de telefoon tussen mijn schouder en hoofd en hang een zakje in mijn hete water.

'Nee, niet te. Dat hij jou de hele tijd de les zit te lezen, nee.'

'Hij heeft droge humor, dat kun je zien aan zijn ogen. Denk ik.'

Ik vergroot de foto. Michel heeft een kort en netjes kapsel. Niks mis mee. Michel draagt een niet zo heel duur overhemd met het bovenste knoopje open, en eronder zit een keurig wit shirt.

'Hij houdt wel zijn sokken aan in bed, vrees ik,' zucht Sasja.

'Houdt hij van katten?' vraag ik. Het blijft even stil.

'Hmmm ja, volgens mij wel.' Sasja klikt.

'En ook van een biertje. Dat voel ik gewoon.'

'Hij is enig kind of heeft hooguit een klein zusje,' zegt Sasja. 'Waar hij liefdevol over moedert. Vadert.'

'En hij houdt van Italië.'

'Hoezo?'

'Hij is fan van AC Milaan.'

'Maar dat is voetbal!'

'Ja, nou en? Wel Italiaans.'

'Maar wel voetbal.'

'Zijn hart gaat uit naar iets Italiaans. Dat zégt wat over hem.'

'Voetbal, Donna. *Voetbal*. Zondagen met een horizontale man op de bank en misschien zelfs voetbalvrienden over de vloer.'

'Ach. Dat heeft ook wel weer wat, toch?'

'Ik hoor het al. Ik heb je gewaarschuwd.'

Ik zucht.

'Alles bij mekaar: hij lijkt wel oké,' concludeert Sasja. 'Op die voetbal na, dan.'

We zijn even stil. Dan stel ik de vraag.

'Maar *the thing is*, waarom staat hij op relatieplanet? Waarom heeft hij geen vriendin?'

'Hij heeft geen vriendin omdat hij te hard werkt en nooit uitgaat.' Sasja klinkt beslist.

'Waar hij natuurlijk mee ophoudt als hij mij leert kennen,' zeg ik. 'Met dat harde werken.'

'Of omdat hij net zijn ex verwerkt heeft en pas nu openstaat voor iets nieuws. Hij is heel trouw. Ja, ik zou 'm maar eens proberen.'

'Ik zal hem terugmailen.'

'Houd me op de hoogte.'

Ik stuur Michel meteen een berichtje. Berespannend. Het wil natuurlijk niks zeggen; het kan nog alle kanten op. Maar stél dat we ooit gaan trouwen en samen oud worden, dan is dit wel ons begin. Dan gaan de stukjes op onze bruiloft over deze mailtjes.

Maar ja. Voor hetzelfde geld stinkt hij ontzettend naar Old Spice of zeurt hij de hele avond over het bouwen van websites of zit hij intelligent te doen met vaag geneuzel over deeltjesversnellers of oude filosofen. *Been there, done that.*

Na elf minuten en zesentwintig seconden mailt hij terug. En dan is het zover. Ik heb een date. Zaterdagavond bij de Blauwe Vlinder op het terras, tapas eten.

*

'Waaaaat?' zegt Bart. 'Ik ga met je mee, wat er ook gebeurt! Dan zeg je maar dat ik je broer ben of je neef. Ik laat jou niet alleen met een vreemde kerel de stad in gaan! Je weet maar nooit wat die engerds allemaal van plan zijn!'

'Doe niet zo duf!' roep ik. 'Alsof ik dat niet al eens gedaan heb!'

'Wat gedaan?' Barts ogen puilen zowat uit.

'Met een vreemde man afspreken! Ik ben geen non.'

'Schandalig!' zegt Bart. 'Weet je wel wat er allemaal kan gebeuren?'

'Je bent m'n moeder niet!' Voor het eerst sinds ik Bart ken vind ik het irritant dat hij zo zorgzaam is. Het lijkt wel of hij het echt vervelend vindt dat ik alleen met een vreemde man de stad in ga. Maar het gaat hem geen bal aan. Ik schuif mijn bureaustoel dicht tegen het scherm aan en neem een ik-werk-hardhouding aan. Bart blijft nog even achter me staan maar gaat dan ook iets nuttigs doen.

Ik open mijn mailprogramma.

Een mailtje van Michel!

Dag mooie prinses,

Je hebt me nu al vrolijk gemaakt. Ik verheug me om je te zien.
Dag,
Michel

Leuk! Geen klef gedoe met liefs en kusjes. Daar houd ik wel van.

En hé, alweer een mailtje!

Bart stuurt me een link van een nieuwssite: *Vrouw na internetdate langs de kant van de snelweg gedumpt.* Ze kregen ruzie, zo lees ik en de vrouw werd midden in de nacht langs de A50 eruit gezet in de stromende regen en pas na anderhalf uur meegenomen.

Ik ontwijk Barts blik voor de rest van de middag. Zwijgend zet hij koffie voor me neer.

*

Natuurlijk moet er nog wel even ontzettend geshopt worden. Zo kan ik me natuurlijk niet vertonen.

Ik sms Sasja en Emma: *Heb shopadvies nodig. Donderdagavond Kalverstraat?*

Ik krijg meteen twee berichtjes terug: O*ké! I'll be there!*

Ik ben helemaal niet goed in geld uitgeven als ik alleen ben. Dan spreekt de verstandige, zuinige en doe-maargewoonstem veel te hard. Maar met Sasja en met name Emma lukt het me om in een paar uur op donderdagavond een complete nieuwe garderobe, inclusief de gaafste en duurste laarzen *ever* aan te schaffen. Sasja is er voor de eerlijke opmerkingen (in deze blouse lijk je op Jan Wolkers) en Emma is er voor de overtuiging dat ik iets moet kopen (wat is nou tweehonderd euro als je er de liefde van je leven mee wint?).

'Ja maar, tweehonderd euro voor een truitje?'

'Truitje? Het is wel een truitje van Jill Been. En geen tweehonderd euro, maar tien procent korting! Als je een klantenkaart hebt!'

'Die heb ik niet,' zeg ik.

'Kost maar vijf euro.' Emma kwakt het truitje voor me op de toonbank. 'Doen!'

Zwetend sta ik bij de kassa, terwijl de kassamevrouw me minachtend aankijkt en zuchtend de kleding in de tas schuift. 'We doen niet aan geld terug.' Ze hangt met haar vinger boven de toetsen van de kassa. Nu kan ik nog terug. 'Alleen tegoedbonnen.'

'Eh ja, geen probleem,' glimlach ik terwijl ik doe als of het de normaalste zaak van de wereld is om op OK te drukken terwijl er een bedrag van mijn rekening gehaald gaat worden waar ik twee jaar van had kunnen studeren.

Nu de rib uit m'n lijf is en ik met mijn kekke tasje over straat loop vind ik het opeens geweldig. Wat heb ik toch een geweldige vriendinnen en een leuk leven. En dat enorme bedrag, dat praat ik wel weer goed. Het grote voordeel van veel werken, wat ik de afgelopen tijd gedaan heb, is namelijk dat je er rijk van wordt. Niet alleen omdat je, hèhè, meer geld krijgt, maar ook omdat je simpelweg geen tijd meer hebt om het uit te geven. Ik ben na deze uitspatting zelfs nog in staat om mijn vriendinnen, de heldinnen van mijn leven, de redders uit mijn nood, te trakteren op een welverdiende borrel.

We ploffen neer in De Verjaardag Van Ome Henk en bestellen meteen een fles wijn. Het is lekker druk in het kleine eetcafé waar we heel vaak komen.

'Proost!' Sasja houdt haar glas omhoog. 'Op Michel.'

'Op de liefde,' zegt Emma.

'Ik ben benieuwd naar Michel,' zegt Sasja. 'Of onze voorspellingen kloppen.'

'Is Bart eigenlijk niks voor jou?' vraagt Emma terwijl ze de eerste ronde inschenkt. 'Jouw motorheld.'

Ik neem een flinke slok en schud tegelijk mijn hoofd.

'Bart is vertrouwd, maar helemaal niet mijn type. Net iets te mollig, te lief, te zachtaardig. Daar zou ik al na enkele uren op uitgekeken zijn. En hij draagt geruite sloffen.'

'En wat vindt hij van jou dan?' Emma knijpt haar ogen half toe en kijkt me vragend aan.

'Nee joh. Hij valt meer op moederlijke, zorgzame vrouwen die zijn kleren 's avonds klaarleggen en zijn boterhammen smeren. Zodat hij niet hoeft te lunchen met die vrijgezelle collega, haha! Maar als lunchmaatje en als collega is hij perfect. Eigenlijk is hij mijn beste vriendin. Mijn beste vrijgezelle vriendin.'

'Dat ben ik toch!' roept Sasja.

'En ik!' Emma fronst haar wenkbrauwen.

'Jullie zijn allebei mijn beste vriendin,' klop ik hen geruststellend op hun arm. Het is intussen al aardig druk geworden en de ober legt met enige nadruk de menukaart op tafel.

'Mijn theorie is: Bart is al voorbij het potentiële-mannenstadium.' Ik smeer een stuk stokbrood met olijventapenade voor mijn beste vriendinnen.

'Dat snap ik niet.' Sasja neemt een maar-je-gaat-me-het-nu-uitleggenhouding aan.

'Nou kijk,' begin ik. 'We hebben de relatie, die bij ons ongetwijfeld op een mislukking zou zijn uitgelopen, gewoon overgeslagen en nu zijn we in de heerlijk rustige er-kan-en-er-zal-niets-meer-gebeurenfase beland. Ideaal.'

'Klinkt logisch,' zegt Sasja.

'Zit wat in,' knikt Emma. 'Je kunt er alles mee, maar je hóeft er niks mee. Zoiets als een vriend die homo is. Of een broer.'

'Nou, niet die broer van mij hoor,' zeg ik. 'Martijn is bloedserieus, dodelijk saai en irritant correct. Geen enkele vrouw heeft het langer dan een kwartier met hem uitgehouden. Hij is zo fatsoenlijk dat hij al een deur openhoudt als de vrouw in kwestie nog niet eens op dezelfde verdieping is.'

We lachen, schenken de wijn nog eens bij en hernoemen ons voornemen om een boek te schrijven over 'de man'.

Ik schrijf, en Emma en Sasja leveren de input en de ervaringsverhalen. Maar hoe langer Emma met haar Peter is, hoe saaier en minder interessant haar ervaringen worden. Geluk maakt *boring*. De theorieën van Sasja en mij daarentegen worden almaar uitgebreider, diepgaander en fantastischer. Aan het eind van elke fles wijn zijn we ervan overtuigd dat we de man volledig doorgronden.

'En hoe is het met jou, Emma, alles op schema?' Die vraag stel ik omdat ik voorlopig geen zin meer heb om te praten. Begin tegen Emma over haar voorgenomen huwelijk en ze houdt de eerstkomende anderhalf uur niet meer op met praten over locaties, jurken, hapjes, ringen en muziek. Gelukkig moet ze op tijd naar huis om nog te praten met haar aanstaande over de afhechting van de binnenzijde van de inlegvellen van de vouw van de bedankkaarten voor de gasten die op de receptie komen. Genoeg tijd om met Sasja de rest van de fles en nog wat extra's weg te werken en mezelf te overtuigen van de noodzaak van de aankopen die ik gedaan heb. Dat lukt met elke slok beter. Aan het eind van de avond zie ik absoluut niet meer in waarom ik zo moeilijk deed en trek ik zelfs het dure truitje op de wc vast aan. Het staat me werkelijk fantastisch, zie ik in de spiegel.

Jammer van dat halve glas rode wijn dat erover gaat.

3

Dan is het zaterdagavond. We hebben om halfacht afgesproken, maar je moet als vrouw natuurlijk nooit op tijd zijn. Al om kwart over zeven ben ik op het plein, samen met Sasja. Ik wil eerst even peilen wat voor type die Michel is. Als hij een tas in de vorm van een bijl bij zich heeft of witte sportsokken draagt, dan kan ik ongezien wegglippen. We staan om de hoek bij de snackbar en we kijken om de minuut of we hem al zien.

'Is ie er al?' vraagt Sasja terwijl ze speurderig om zich heen kijkt.

'Nee.' Ik zie allerlei leuke mannen waarvan ik hoop dat ze, zoals afgesproken, met een jasje over hun linkerschouder op het terras gaan zitten. Voor ik wegging heb ik het boek van Cor op een willekeurige bladzijde opengeslagen.

Geluk sluipt naar binnen langs een deur waarvan je niet wist dat je die open had laten staan.

Om tien voor halfacht is hij er nog niet. Argh! Ik erger me nu al. Zo'n man moet toch minstens een halfuur van tevoren met een grote bos rozen bloednerveus op me zitten te wachten?

Mijn mobiel trilt in mijn zak. Werkelijk! Zou hij afzeggen? Zou hij mij soms hebben gezien en afgeknapt zijn? Nog netjes dat ie afbelt dan. Ik grijp m'n mobiel.

Een sms van Bart. *Je kunt nog terug! Doe het niet!* Sasja slaat haar ogen ten hemel als ik haar de tekst laat lezen.

Om vijf voor half is er nog niemand te zien die Michel zou kunnen zijn. Ik overweeg om weer weg te gaan, die man te laten stikken in z'n tapas, als er een jongen aan een tafel gaat zitten. Met een jasje over zijn linkerschouder. Hij kijkt om zich heen, op zijn horloge, nog eens om zich heen, haalt zijn hand door zijn haar en ruikt aan zijn oksel.

'Bah,' zegt Sasja. 'Viezerd.'

'Juist goed,' zeg ik. 'Hij is zich bewust van zijn lijfgeur. Dat kun je niet van alle mannen zeggen.'

'Da's waar.' Sasja tuurt in de verte. ''t Is best een grappig figuur om te zien, eigenlijk. Vanaf deze afstand, dan.'

Michel heeft zijn witte plastic tas op tafel gelegd en kijkt rustig om zich heen, alsof hij een beetje van het uitzicht geniet in plaats van te wachten op de vrouw van zijn leven.

Vanaf de hoek van de straat volgen Sasja en ik al zijn bewegingen.

'Nu?' vraag ik. Sas kijkt op haar horloge. 'Nog even wachten. 't Is bijna tien over half.'

Net als ik het toch zielig begin te vinden en Michel voor de twintigste keer op zijn horloge kijkt, duwt Sasja me de hoek om: 'Nu moet je gaan. Sms me elk kwartier!'

Ik gooi het propje papier waar ik het afgelopen halfuur mee heb staan frunniken naar haar hoofd.

Dan loop ik naar Michels tafeltje toe. Het is nog een heel eind lopen over dat plein. Michel kijkt op en begint te glimlachen.

'Donna?' Hij steekt zijn hand uit en ik ook en dan ga ik zitten terwijl hij net gaat staan en páts, onze hoofden knallen tegen elkaar.

'Hahaha! Dat begint goed.' Michel wrijft over zijn hoofd.

'Gaat het?' vraagt hij.

'Jawel,' zeg ik. Empatisch vermogen: aanwezig.

'Wat wil je drinken?'

'Een kopje thee.' Michel kijkt met een omhooggeheven vinger rond om de ober te zoeken en ik kijk naar hem. Tja, een knapperd is hij niet. Hij heeft verreweg zijn allerbeste foto op internet gezet, en naar mijn bescheiden mening is die foto alweer wat jaartjes oud. Michel heeft een wat teruggetrokken kin en het is niet zijn enige kin. Hij heeft kort pluizig haar en zijn wat waterige blauwe ogen zitten achter een bril die hij op de foto ook niet op had. Was het nu nog een hippe bril, maar nee. Snel check ik zijn handen. Geen ringen. Ook geen witte streepjes. Kon toch? Dat hij gewoon een gezin heeft?

Zijn wenkbrauwen zijn erg zwaar, waardoor hij wel iets weg heeft van Bert van Bert en Ernie. Ik schiet ervan in de lach.

'Wat is er?' vraagt hij onzeker.

'O niks, een binnenpretje,' zeg ik.

'Hoezo? Wat dan? Is er wat?' Michel voelt met zijn hand aan zijn haar en aan zijn gezicht. Hmmm. Zelfvertrouwen: matig.

De ober brengt een thee en een cappuccino.

'Nou!' grijnst hij. 'Daar zitten we dan. Was jij ook zo zenuwachtig?'

'Waarvoor? Oh, hiervoor, nou een beetje wel, maar niet zo erg, hoor.'

'Wat voor werk doe jij?' vraagt hij.

'Ik werk voor...' Snel bedenk ik me. Ik houd het nog even vaag, denk ik. Anders heb je kans dat hij me kan traceren als hij een notoire zeikerd blijkt te zijn. 'Ik werk als administratief medewerker bij een mediabedrijf,' zeg ik. En zo is het tenslotte ook. 'En jij?'

'Ik ben software engineer. Op het moment werk ik aan

een project voor een groot bedrijf waar een database geïmplementeerd moet worden waarbij zes lopende systemen aan elkaar gekoppeld worden...'

Ik glimlach. Ik glimlach zo hard en breed als ik kan.

'Sorry,' zegt hij. 'Dat interesseert je natuurlijk geen biet. Neem me niet kwalijk, ik ben een beetje zenuwachtig. Jij bent mijn eerste date, moet je weten.'

'Je eerste internetdate, bedoel je?' Ik neem een slok van de thee. Michel roert voor de zesduizendste keer in zijn cappuccino.

'Nee, mijn eerste date. Ik heb nog nooit een afspraak met een meisje gehad.' Hij lacht hortend zijn enorme gebit bloot. Hij lijkt opeens op een paard met een stotterstoornis.

'Tenminste, ik had wel afspraakjes, maar ze kwamen nooit opdagen. Heel oneerlijk.'

Ik slik. Dat heb ik weer.

'Ach.' Ik voel in mijn jas of mijn mobiel er nog zit. 'Hoe kan dat nou?'

En dan volgt er een lang, pijnlijk verhaal over een zielige jeugd en een moeder die te bezorgd was en een vader die er nooit was waardoor arme Michel geen zelfvertrouwen opbouwde en altijd heel alleen was en het is allemaal de schuld van anderen dat hij geen vriendin heeft en dat terwijl hij zo graag een vriendin wil.

'Het maakt me niets uit,' zegt hij. 'Helemaal niks. Lang, dik, dun, mooi, lelijk. Daarom ben ik ook zo vreselijk blij dat je reageerde op mijn mail.'

Ik merk dat ik hem onafgebroken aan heb zitten staren. Dan buigt Michel zich over de tafel en pakt mijn hand. 'En weet je, toen ik je foto zag, zo spontaan en lief en vrolijk, toen dacht ik: dat kan echt iets worden. Ik heb je veel te bieden. We kunnen in mijn huis gaan wonen en je hoeft niet te werken, want ik verdien genoeg.'

'Ahum,' zeg ik. 'Ik moet even naar de wc.' Zo elegant mogelijk loop ik het tapasrestaurant binnen.

Als ik de deur van de wc op slot draai weet ik even niet of ik heel hard moet gillen, huilen of lachen. Eerst maar eens mijn mobiel checken.

Twee gemiste oproepen en een sms van Bart: *En? Moet ik een stille tocht of een vrijgezellendag organiseren?*

Ik sms terug: *Doe maar die vrijgezellendag! Met de nadruk op vrijgezel! Argh!*

Dan nog een sms naar Sasja: *Hij is verschrikkelijk! Ik ga meteen weg. Ben je in De Verjaardag Van Ome Henk?*

Ben er! sms't ze onmiddellijk terug.

Ik loop terug naar de tafel waar Michel zit. Hij kijkt me gelukzalig aan.

'Sorry,' zeg ik. 'Dit is één grote vergissing.'

'Vergissing?'

'Michel, ik wens je nog veel geluk in je leven. Heel veel geluk. Ontzettend veel geluk. Onvoorstelbaar veel. Onrealistisch veel.'

'En ons afspraakje dan? Onze tapas? En wij dan?' Michel zet grote huilogen op.

'Sorry.'

Omdat ik nul komma nul in de min wil staan bij deze slak, werp ik een briefje van vijf op de tafel voor de thee. Ik draai me om en loop weg.

Bij de hoek kijk ik nog een keer om. Michel zit met gebogen rug zijn cappuccino op te drinken. Andere mensen op het terras zitten wat te gniffelen, zie ik.

Ik loop op een drafje naar De Verjaardag Van Ome Henk. Daar zit Sasja, ook nog buiten op het terras.

'En?' vraagt ze.

Ik begin te gillen en te lachen tegelijk en het hele verhaal komt er met horten en stoten uit. Sasja giert met me mee en we bestellen meteen een karaf wijn om de stemming erin te houden.

Aan het eind van de avond hebben we elkaar gezworen om eeuwig vrijgezel te blijven. We zullen samen in een duur appartement gaan wonen zoals in die Amerikaanse series, elke avond uit eten gaan en mannen consumeren alsof het broodjes hamburger zijn. Niks geen relaties. Relaties die langer duren dan enkele uren zijn voor *losers*.

Nadat De Verjaardag Van Ome Henk zijn terras sluit gaan we nog naar de Bastaard. Daar speelt een live band, iets met leuke jongens met gitaren en een mollig zangeresje met een soort van strakke vuilniszak om haar lijf. We dansen en we swingen en we kijken elkaar krachtig aan: voor ons geen man. Een man met een grappige krullenbol roept iets in mijn oor. Ik versta hem niet en kom iets dichter naar hem toe. 'Wil je met me trouhouwen?' roept hij terwijl hij zijn handen al om mijn heupen wil leggen. Ik dans uit zijn omhelzing en roep:

'Hahaha! Nee! Ik trouw niet! Nooit! Met niemand!'

Ik versta hem weer niet. 't Is vast iets grappigs wat hij zegt, want hij lacht er zelf om.

'Wat zeg je?'

'Soms net een blauwtje gelopen?' schreeuwt hij.

Ik doe net of ik hem wil slaan.

'Stop met zoeken, je hebt me gevonden!' roept hij. 'Je zoekt mij! Dat zie ik aan je ogen. Je mooie ogen.' Welja. Ik geef hem een kushandje en verdwijn naar de andere kant van de kroeg.

Het is *Murphy's law*: als je zin hebt in sjans en volledig opgedoft de stad in gaat, ziet geen man je staan. Vergeet het maar. En heb je net besloten dat je nooit meer een man dichterbij dan anderhalve meter wilt zien, staan ze in de rij. Ik denk dat het iets met wegsmeltende bindingsangst te maken heeft. Hoe minder 'willig' je overkomt, hoe meer een man geïnteresseerd is. Zo las ik laatst de tip dat als je echt een man wilt versieren, je een trouwring om moet doen. Dat komt allemaal in ons boek.

Een bepaald soort mannen is in mij geïnteresseerd. Ik denk dat ik een hulpeloze uitstraling heb. Ik ben natuurlijk klein en door mijn krullen lijk ik vaak jonger dan ik ben. Zoiets. Mannen slaan hun arm om me heen, willen me beschermen, noemen me meisje of vrouwtje of popje. Dat zijn natuurlijk allemaal mannen die bij voorbaat al niet door de keuring komen, laten we wel wezen, maar soms vraag ik me af hoe het komt dat ik dat soort reacties oproep bij mannen.

Een keer was er een man die alles voor me deed. Ruben heette hij. Hij zette bij mij thuis koffie, hing mijn jas op en zette de vuilniszak buiten. Tot zover was het nog wel aardig. Toen legde hij uit hoe mijn dvd-speler werkte (ik had hem al twee jaar) en hing een heel verhaal op over een politieke kwestie, terwijl ik hem zojuist had verteld dat ik in de wachtkamer van de studio een heel gesprek had gehad met de betreffende minister. Was hem ook nog te vergeven. Maar toen hij begon te zappen omdat hij wilde dat ik iets zag op Discovery Channel, want dat was goed voor mijn ontwikkeling, heb ik hem feestelijk de deur uit gezet. Veel beter voor mijn ontwikkeling.

Sasja en ik blijven tot de *roadies* de laatste snoeren opgerold hebben en de barman zijn jas aantrekt.

Vanaf vanavond nooit meer dat gezanik aan ons beider hoofd.

*

Ik ben bij Sasja blijven slapen. Wat een nacht. We deden de hele avond Michel na en het werd steeds leuker en we namen er nog ééntje en toen had ik geen zin meer om naar huis te fietsen. Sasja woont dichterbij en daarom word ik vanochtend wakker op haar bank.

Nou ja, wakker…

Het is meer de vage bewustwording van het pijnlijke feit dat ik nog leef. Ik open mijn ogen, maar dat is te veel gevraagd. De zon schijnt recht mijn hersens in. Ik trek de slaapzak (het kan ook iets anders zijn) over mijn gezicht en probeer heel voorzichtig mijn geest weer in mijn lijf te passen.

Dat duurt heel lang en volgens mij val ik ook weer even in slaap.

Flarden van dromen waarin ik met een grijnzende, tandeloze Michel in een bejaardenhuis mijn eindeloos lange dagen slijt, schieten schichtig voor m'n gesloten ogen voorbij.

Wat is dat? Een vage schaduw beweegt over mijn gesloten ogen. Ik ben toch wel in het goeie bed wakker geworden! Ik schiet omhoog.

Sasja staat naast de bank. 'Ben je wakker? Ik heb ontbijt!'

'Bwok,' breng ik uit. 'Ontbijt?'

Ik ga rechtop zitten en probeer daarbij mijn hoofd niet op het kussen te laten liggen.

'Hier, drink dit eerst maar eens,' zegt Sasja. Ze geeft me

zomaar dat waar ik wel een moord voor had willen doen: een groot glas jus d'orange. Ik klok het in één keer weg en vind daarmee de energie om mijn ogen open te doen. Eentje.

Sasja staat tegenover me met haar trainingspak aan.

Que?

Met haar trainingspak aan.

'Ik hallucineer,' zeg ik. 'Je hebt je trainingspak aan.'

'Klopt.' Sasja buigt met gestrekte benen en legt haar handen op de grond.

'Al je kleren waren vies?' gok ik.

'Nee, ik heb net gejogd.' Ze steekt een been omhoog en legt haar voet in haar nek.

Ik val weer terug op de bank. Tegen zoveel onrechtvaardigheid ben ik op dit moment nog niet bestand. Sasja kan zo veel drinken als ze wil, ze kan toe met vijf minuten slaap per nacht en ze zal altijd vrolijk, fris, vriendelijk, gezond energiek en fit zijn. Gek word ik van dat soort mensen.

'Hier, neem nog maar wat.' Ze reikt me het pak aan. Fatsoenshalve schenk ik het sap eerst in het glas voor ik het opdrink. Het liefst had ik het pak zo in mijn lijf gegoten. Daarna durf ik mijn ogen langer dan enkele minuten open te houden zonder bang te zijn dat het teveel aan licht de overblijfselen van mijn hersens verschrompelt.

Als ik ook nog overeind blijf zitten zonder steun en zelfstandig naar de wc ben geweest zonder ongelukken, durf ik het aan om een crackertje met niks te eten.

Dit is een van die dagen. Tussen het wakker worden en de liters rustgevende en balansherstellende kruidenthee hebben we hele goede gesprekken over het leven in z'n algemeenheid en het leven als vrijgezelle, aantrekkelijke vrouw in het bijzonder.

Die ochtenden (oké, laten we eerlijk zijn: middagen, late middagen) zijn voor mij balsem voor de ziel. We hebben kraakheldere gesprekken die je van begin tot eind had kunnen opnemen en publiceren in deze of gene esoterisch of wijshedenboek. Herrezen uit dezelfde nacht zijn we intenser verbonden dan ooit en voelen we elkaars problemen, elkaars dilemma's en elkaars kater. Tenminste, zij die van mij. Ook vandaag worden er weer vlijmscherpe zinsnedes geproduceerd.

Sasja vindt dat ik me te veel focus op de Italiaanse man.

'Je kiest niet,' zegt ze. 'Als je hier bent, zit je met je gedachten daar. En daar ben je nooit. Dus je bent nooit waar je bent, snap je?'

'Jaha,' zeg ik, terwijl ik loer naar het aanrecht omdat daar de broodjes liggen uit te drogen.

'Als je in het hier en nu bent en alles accepteert zoals het nu is, dan leef je veel intenser. Bewuster. Dan word je uiteindelijk gelukkiger.'

Ik knik en sla de zoveelste bak thee achterover (vlak nadat ik een aspirientje heb weggeknabbeld, maar dat hoeft Sasja niet te weten, want anders krijg ik een heel verhaal over het zelfherstellend vermogen van het lichaam).

'Waar is dat boek van je?' vroeg ze. 'Doe 'es hier.'

Het boek van Cor. Ik neem het overal mee naartoe. Ik heb er zelfs, helaas, een nieuwe tas voor moeten kopen omdat mijn vorige te klein bleek.

Ik pak het boek aan en voel welke bladzijde ik moet hebben. Sasja smeert ondertussen kruidenboter op het stokbrood.

Ik pak het boek en laat het openvallen op een willekeu-

rige bladzijde, zo willekeurig dat ik zelf het idee heb dat
ik het totaal niet serieus nam.

*Geluk is een vlinder die altijd net buiten je bereik is als je er
jacht op maakt, maar die op je neerstrijkt als je rustig blijft
zitten.*

Even denk ik dat Sasja een hele flauwe truc heeft uitge-
haald, maar ze zit zo engelachtig kruidenboter te smeren
en ik ontwaar geen enkel spoor van een glimlach om haar
lippen, dat het wel waar moet zijn dat dit toeval is.

Na nog een paar uur allerlei wijsheden uitgekraamd te
hebben en ik het gevoel heb dat ik mijn leven totaal onder
controle zou kunnen hebben als ik maar wat meer
nadacht en wat meer rust zou hebben en misschien wel
zou moeten gaan hardlopen en in ieder geval vaker met
Sas een fles leeg moet maken, acht ik de tijd rijp om de
rest van de ellende thuis uit te dampen. Gelukkig gaat er
een rechtstreekse tram van Sasja's huis naar het mijne,
zodat ik alleen maar tot zes hoef te tellen en bij de zeven-
de stop uit de tram klauter. Mijn huis, mijn flat, mijn
eigen plekje op deze aardkloot. Ik steek de sleutel in de
deur, negeer de opengereten vuilniszak in het portiek en
het vieze woord dat op de muur gespoten is. Uit m'n
postvakje haal ik een niet-onaanzienlijke stapel post, wat
mijn humeur op slag verbetert omdat het waar is: ik krijg
post, dus ik besta.

Terwijl ik naar de keuken loop bekijk ik de folders en
de schreeuwerige enveloppen. Ik zet de warme kraan
aan om meteen een afwasje te plegen en werp de ene helft
van de post in de oudpapierbak en de andere helft op het

stapeltje komt-wel-als-ik-eraan-toekom.

Hé! Wat is dat? Een brief uit Rome. Uit een soort reflex ruik ik aan de envelop, alsof de heerlijke geuren van basilicum en oregano en de vele uitlaatgassen er nog aan zouden kunnen kleven. Wie zou mij een brief sturen? Dat kan alleen maar Alyssa zijn. Het gekke is alleen dat ze nooit schrijft. Ze mailt, ze sms't en we msn'en, maar schrijven doen we nooit. Bovendien is mijn naam en adres geprint op een etiket.

De nieuwsgierigheid zwelt m'n lijf uit. Ik rits de envelop open en mijn ogen schieten over de tekst. Een reünie! Van de middelbare school! O, wat leuk! Wat extreem leuk!

Mijn gedachten gaan meteen tien, twaalf jaar terug. Wij daar, meisjes nog, in de hoge lokalen van de Scuola Leonardo Da Vinci. Ach, die leraren. De jongens. Elk vrij uur de stad in, slenteren en flaneren tussen de jongens op hun scooters. De vele feestjes bij iedereen thuis tot diep in de nacht en de moeders en oma's die zo onvoorstelbaar lekker konden koken, tafels vol versgebakken brood en pasta's en antipasti en salades; ik ruik het gewoon allemaal nog. De drukte in de stad en de mannen die zo staan te praten dat het lijkt of ze ruzie hebben en mijn eerste zoen met Emilio midden op straat. Ach, die mooie tijd.

Maar het meest van al, achter al die herinneringen en flarden en beelden, kijken twee zeegroene ogen me aan. Twee diepe, prachtige ogen, die enkele jaren van mijn schoolse bestaan gedomineerd hebben. Die ogen zitten in het (prachtige) hoofd van mijn leraar wiskunde, voor wie ik me verdiepte in breuken en wortels en de stelling van Pythagoras en scherpe en stompe hoeken en snijpunten en deelverzamelingen.

Alleen voor hem. Met liefde.

Het komt allemaal meteen weer boven, alsof ik een kist vol witte, groene en rode ballonnen open heb gezet, zo ontsnappen er onhoudbaar honderden herinneringen.

Aaaaah! Ik schreeuw het uit. Wat gebeurt er? Ik draai me om, oh nee, de hete kraan! Het water loopt over het aanrecht en drupt langs mijn broek omlaag. Auw! Auw, auw, auw! Met een ruk draai ik de kraan dicht en brand me nog een keer. Lorenzo komt kijken en springt meteen weer terug bij het zien van zoveel water op de vloer.

Even sta ik naar de chaos te kijken. Maar dan denk ik: beter slim dan moe. Ik pak de allesreiniger uit de kast en spuit er wat van op de vloer. Dan dweil ik de vloer schoon met de theedoek. Zo, twee vliegen in één klap. Zo schoon is het lang niet geweest. Ik doe het afwasje en daarna maak ik het gezellig in de woonkamer. Een paar kaarsjes aan, gordijnen dicht, muziekje aan en een kop thee van de zakjes die Alyssa me heeft gestuurd, omdat het hier niet te krijgen is.

Ik klap de laptop open op de salontafel en start msn op. Jammer, Alyssa is niet online. Ik MOET haar natuurlijk nu spreken.

Kom online! sms ik haar.

En ja, enkele seconden later plopt haar schermpje op.

– *U riep?* typt ze.

– *Heb jij die brief ook gehad?*

– *Jaaa!*

– *Weet je nog, Nicolai?*

– *Camilo! Die kon zoenen!*

– *Heb jij daar ook mee gezoend?*

– *Eh, nee, maar dat heb jij weleens verteld!*

– *Zou Caroline ook komen?*

– *Ah, Caroline!* Onze grote vriendin. Ik neem een slok van mijn thee en peins in de verte. Ik heb haar nooit meer gezien nadat ik van school kwam.

– *Ze is vast een heel beroemd model geworden.*

– *En heel rijk. Met een man. Een mooie.*

– *En Emilio? Oooo, dat zou geweldig zijn als die ook kwam!*

– *En Maria?*

– *Die heb ik nog weleens gezien. Volgens mij woont ze niet zo ver bij mij vandaan. Ze heeft een kindje volgens mij.*

– *Leuk, o ik heb er zin in!*

– *Ik ga meteen Sita opsporen. Dan zijn we straks ouderwets met z'n drietjes.*

– *Geweldig!*

– *Weet je wat? Kom meteen een week. Dan maken we er een vakantie van, ik ben er zelf ook dringend aan toe. En dan kun je Andreas ook ontmoeten!*

– *Prima! Helemaal goed!* Daarmee doel ik op de vakantie. Niet op het ontmoeten van die tandarts.

– *Moet nu weer weg, we gaan naar de fillum!*

Ik pak de kaart, ik heb nog niet eens gekeken wanneer het is. Op 15 juni. Heb ik nog zes weken om zes kilo kwijt te raken en net zoveel te wegen als toen ik van school ging. Ik leg onmiddellijk de twee chocospritsen terug die ik tot mondhoogte had getakeld.

En dan dringt er iets verschrikkelijks tot me door.

15 juni?

Het zal toch niet waar zijn, hè?

Ik kijk in mijn agenda. Ah nee! Dan zitten we midden in de drukste week van het jaar, vlak voor de verkiezingen! Ik zie meteen kilometershoge beren op de weg. Het is maar de vraag of het gaat lukken vrij te krijgen, ook al heb ik meer vakantiedagen dan alle dagen dat ik ooit gewerkt heb. Hmmm, daar moet ik nog even iets heel slims voor verzinnen, want wat er ook gebeurt, ik ga naar die reünie. Al moet ik ontslag nemen.

*

In het weekend ga ik naar mijn ouders. Daar ben ik al veel te lang niet geweest.

Ik zet de radio lekker hard en galm mee terwijl ik op de snelweg een paar gladde jongens voorbijkachel met mijn voet strak op het gaspedaal.

Mijn ouders wonen in een rustig dorpje een dikke honderd kilometer rijden. De weg ernaartoe werkt voor mij als een ontspanningstherapie. Het wordt steeds leger en rustiger op de weg en alles wordt groener en ruimer en mooier. En dat kan ik wel even gebruiken, want ik ben gisteravond weer met Sasja de stad in geweest. Bij m'n ouders thuis ben ik gewoon Donna en alleen maar Donna en niet ook nog werknemer, collega, vriendin, vrouw, ex, buur, klant, potentiële huwelijkskandidaat, date, lustobject. Gewoon alleen maar Donna. Ja, ook een beetje een zus, maar dat is een bijrol die ik niet zo serieus neem. Mijn broer is... tja, slechts mijn broer.

Mijn moeder werkt nog altijd als fysiotherapeut, maar mijn vader is intussen gepensioneerd en hij is nog nooit zo druk geweest. Hij klust, verft, tuiniert, maakt muziek en zit in tientallen commissies en besturen. Ze wonen in een oud, klein boerderijtje midden tussen al het groen. Als het niet zo ver van de bewoonde wereld, de kroegen, de winkels, mijn vrienden, de bios en zo kan ik nog wel even doorgaan was, zou ik er zo willen wonen.

Met een diep gevoel van innerlijke rust rijd ik het erf op en schakel de motor uit.

'Kom 'es heel gauw boven kijken,' zegt mijn vader als hij me omhelsd heeft bij de voordeur.

Zijn trein. Pap heeft hij zijn jongensdroom waargemaakt: de hele zolder is nu één groot treinenterrein inclusief een volledig geautomatiseerde en kloppende dienstregeling. Glimlachend laat ik me alles uitleggen over wat hij veranderd, verbeterd en aangepast heeft.

'Geweldig, pap. En er staan ook hordes nieuwe mensjes op het perron, zie ik?'

'Inderdaad. En weet je wat nou het leuke is,' en ik krijg een heel verhaal over schema's, perfect kloppende aankomsttijden en gemiddelde snelheden.

'Als het allemaal zelf rijdt en op tijd komt, wat kun je dan zelf nog anders doen dan daarnaar gaan zitten kijken?'

Meteen heb ik spijt. Dat kwam er wel een beetje chagrijnig uit. Maar mijn vader heeft het niet door.

'Zo moet je dat niet zien,' zegt hij terwijl hij een meneertje van anderhalve centimeter rechtop zet. Maar voor hij gaat uitleggen hoe ik het dan wel moet zien, roept mijn moeder dat ze de koffie klaar heeft.

'Wat is dit allemaal voor gedoe?' vraag ik. Ik kijk naar een nieuw tafelkleed, nieuwe koffiekopjes en een appeltaartenlucht uit de keuken die beslist niet uit de magnetron komt.

'Martijn komt ook!' zegt mam stralend. Ze houdt zich nog in, ik zie het.

Mijn broer komt ook? Waarom is mijn moeder dan zo zenuwachtig? Er bekruipt mij, ergens diep vanbinnen, een zeer ongemakkelijk gevoel. Ik kan het nog onderdrukken. Even. Tot mijn moeder het goeie servies tevoorschijn haalt. En als ik in de keuken kom en ik zie dat ze niet alleen een appeltaart gemaakt heeft, maar ook een grote pan boerengroentesoep, kan ik er niet langer omheen.

'Hij komt niet alleen, hè?' vraag ik. De ingehouden verbijstering moet te horen zijn geweest.

'Inderdaad.' Mijn moeder schikt de bos bloemen op tafel. 'Leuk, hè? Martijn heeft een vriendinnetje. En hij komt haar vandaag voorstellen.'

'En hij komt haar vandaag voorstellen,' balk ik haar na. Wat ongelooflijk irritant. Als ik dat geweten had was ik niet gekomen dit weekend.

'Nou, zeg,' zegt mijn moeder. 'Doe je wel een beetje aardig? 't Moet voor zo'n meisje ook wat zijn. Een heel nieuw gezin. Misschien kun je wel heel goed met haar opschieten en worden jullie een beetje vriendinnen.' Ze kijkt op haar horloge en daarna uit het raam. De opkomende neiging om over te geven wijt ik aan een naschok van de kater van vanochtend. Ik ben totaal in de war. Hoe kan mijn broer nu een vriendin hebben? Dat moet haast wel een postordervriendinnetje zijn. Hij kan toch geen gevoelens hebben, laat staan dat een ander levend wezen de neiging zou hebben om hem aan te raken? Om... seksueel met hem te worden?

De gedachten en met name de beelden die daarbij in me opkomen zijn al helemaal niet bevorderlijk voor het rustig verwerken van deze boodschap. Ik zoek naarstig naar een ander onderwerp om over te praten.

'Ik heb een reünie,' roep ik, blij dat ik wat echt leuks gevonden heb om te vertellen, 'van de middelbare school.'

'Wat leuk!' zegt mijn moeder terwijl ze hun trouwfoto

boven de schoorsteenmantel recht hangt.

'*Ah, bei vecchi tempi,*' zegt mijn vader. Zijn blik krijgt meteen iets sentimenteels. Hoewel mijn ouders in Italië hebben gewoond, zijn ze niet avontuurlijk. Op vakantie gaan ze altijd met de caravan naar de Veluwe en als ze eens gek willen doen gaan ze een weekendje naar een huisje. In Drenthe. We wonen hier zo mooi, zegt mijn vader dan, als we weggaan moeten we het altijd met minder doen.

'Wil je me helpen?' vraagt mam. 'De broodjes moeten in de oven.' Ik doe het maar omdat ik toch iets moet doen om de tijd vol te maken tot die snotneus en z'n verkering komen.

Zittend op een keukenstoel kijk ik naar het bruin worden van de broodjes.

'Hoe gaat het met jou?' Mam legt een hand op mijn schouder. 'Je ziet er moe uit.'

'Het gaat wel,' zeg ik. 'Beetje druk op m'n werk. Veel overgewerkt de laatste tijd.'

'Kind, wat heb je het toch altijd druk. Ben je wel gelukkig?'

Ze bedoelt: heb je nu al eens een vent, die je leven zin geeft? Wanneer maak je me oma? Wanneer doe je nu eens iets nuttigs met je leven?

Sinds de laatste kennismaking van een minnaar met mijn ouders, tweeënhalf jaar geleden, (en wie ben jíj, vroeg mijn moeder toen met een nauwelijks waarneembare zucht) vragen ze nooit meer naar de liefde in mijn leven. Dat doet me pijn. Het geeft me het gevoel dat zij de hoop ook opgegeven hebben. Of dat ze iets weten wat ik niet weet. Iets ergs. Over mij. Iets dat alles verklaart.

Mijn ouders waren op mijn leeftijd allang met elkaar getrouwd en ik was al drie jaar oud. Mijn broer was op komst.

Ik heb geen man nodig om gelukkig te zijn. Ik wil niet 'ondanks geen man' gelukkig zijn, maar dankzij mezelf. Toch? Dat was het toch? Wat had ik nou toch weer voor prachtigs bedacht vannacht met Sasja in De Verjaardag Van Ome Henk? Het leek zo waar, maar ik kan me er nu niks meer van herinneren.

Treurig pak ik de broodjes uit de oven en brand m'n vingers.

Dan gaat de bel. Natuurlijk!

'Daar zul je ze hebben,' zingt mijn moeder en ze gooit de theedoek van zich af, op mijn hoofd.

'Relax, relax, relax,' adem ik diep in en uit terwijl ik mijn vingers onder de koude kraan houd. Dan loop ik naar de kamer waar ik de waarheid onder ogen zal moeten zien.

Eerst komt mijn broer binnen met een gelukzalige glimlach die ik wel van zijn gezicht af had willen slaan en daarna komt er een meisje binnen met het meest poezelige, lieflijke gezichtje dat ik zelfs in sprookjesboeken nog niet tegen ben gekomen. Wat een engeltje. Wat een elfje. Ze legt haar zachte hand in mijn knokige knuist en poezelt haar naam: Rozemarijn. Ze zegt nog net niet Rozemarijntje, maar dat denken we er dan zelf wel bij. Ze neemt een wolk van zachtheid mee, ze geurt naar babypoeder en de sproetjes op haar wangen lijken er met pastelpotlood op getekend en de krullen in haar blonde haar dansen om haar lieftallige gezichtje. Wat een popje. Wat een geluk.

Martijn helpt haar haar jas uittrekken en Rozemarijntje

gaat meteen mams helpen in de keuken met het klaarzetten van alles wat allang klaarstond.

Ik blijf in de kamer achter en voel me groot en lomp en onbenullig en oud en lelijk en heel alleen.

Tijdens het eten converseren we gelukzalig wat heen en weer over de broodjes en de soep (heerlijk, mevrouw Van Dalen! Heeft u die soep echt zelfgemaakt? Mag ik het recept?)

Mag ik een teiltje?

Rozemarijntje houdt van tuinieren. Ja, ze wil mam wel helpen van het najaar! En Rozemarijntje heeft een leuk baantje en een leuk huisje en ze helpt met het eten en ze drinkt één glas wijn en daarna niet meer want oeh, daar wordt ze zo gíechelig van. Rozemarijntje helpt met de afwas en de hele tijd, werkelijk de hele tijd wordt ze gelukzalig aangestaard door die stomme eikel van een broer van me.

Mijn moeder doet enkele verwoede pogingen om een gezamenlijk gesprek te voeren.

'Donna heeft een reünie, leuk hè?'

'Leuk,' zegt Martijn. Hij trekt aan een krulletje van Rozemarijntjes engelenhaar. Ze kijkt gelukzalig naar hem terug.

Leuk. Leuk. Leuk.

Mijn broer is van het soort dat wormen en slakken verzamelde en mij als verjaardagscadeautje 'mooie' slakkenhuizen gaf die na verloop van tijd verschrikkelijk begonnen te stinken. Toen hij erachter kwam dat ik ze weggegooid had is hij een middag bezig geweest om ze weer aan elkaar te lijmen. Echt!

Hij zag ook niets in mij in mijn rol als grote zus, heeft

me nooit om raad of hulp gevraagd en was op zijn vierde al slimmer dan ik, dus dat was ook helemaal niet nodig.

Vroeger kon ik het wel redelijk met Martijn vinden, dat wil zeggen, we voerden een wederzijds gedoogbeleid en schreven met sinterklaasavond een bescheiden, keurig plagend gedicht en we lieten elkaar de rest van het jaar lekker met rust. Dat was de deal, zo gingen we met elkaar om.

Maar dit voelt wel als een erge dolksteek.

Martijn zat ook niet op dezelfde middelbare school als ik en heeft al helemaal niets met Italië, Rome of vrouwen met donkere ogen. Voor hem was de tijd in Italië niks bijzonders. We woonden daar gewoon een tijdje en gingen daarna gewoon terug.

Rozemarijntje is dan ook in de verste verten niet Italiaans of zuidelijk, er is geen fleempje mediterraan in haar te ontdekken. Ik vraag me zelfs af of ze wel eens een macaronietje gegeten heeft of een spaghetti naar binnen heeft geslurpt.

Ik wil het ook helemaal niet weten.

Ik wil naar huis en op mijn bank chatten met Alyssa of aan de telefoon hangen met Emma of met Sasja aan een bar hangen en tapas eten en verzuchten hoe stom die mannen zijn.

Ik tel de uren af tot ik enigszins fatsoenlijk weer naar huis kan zonder te hoeven verklaren waarom ik nu alweer ga.

Op de terugweg draai ik loeihard muziek. Wat een ellende.

Nu kan ik bij m'n ouders ook al niet veilig mijn eigen zielige zelf uithangen.

4

Het leven gaat verder.

Ellenlange vergaderingen, miljarden mails verwerken en telefoontjes beantwoorden, eindeloos, nutteloos, uitzichtloos.

Maar dit keer heb ik een doel: de reünie.

En dit vooruitzicht geeft me meer energie dan ik in jaren heb gehad.

Daarom gaat die maandagochtend de wekker om zes uur.

Ik hijs me in een trainingspak en trek mijn gympies aan (nog van de middelbare school, dat moet een goed teken zijn!).

Jaren heb ik gewacht op het goeie moment om eindelijk eens te gaan hardlopen. Iedereen hoor ik erover, iedereen is er laaiend over. Hardlopen is *hot*. Het is overal goed voor. Je wordt er gelukkig van, slank, het is meditatief, je ziet er jonger uit en gezonder. Helaas schijnt het vooral, of juist, of alleen maar effect te hebben wanneer je het 's morgens in alle afgrijselijke vroegte doet. Ik moet zeggen, het geeft wel een kick om al wakker te zijn als de krantenbezorger aan de deur komt, in plaats van op dat moment net naar bed te gaan. Ik ben jong! Fris! Ik kan zo in die reclame van die ontbijtgranenkoekjes.

Ik steek de oordopjes van mijn mp3-speler aan weerskanten in mijn schedel en verlaat mijn flat.

Rennen maar!

Wat is er al veel volk op de been op dit uur van de dag. Alleen al hier te zijn met dit doel en dat ik het daadwerkelijk gedaan heb, geeft me zo'n stoer en padvinderachtig gevoel! Ik ben geweldig! Ik doe dingen! Ik wil iets bereiken! En dan heb ik nog niet eens een stap gezet. Ik neem een grote slok van een blauw sportdrankje, meet me een niet al te vlotte pas aan en begin te rennen. Zomaar ergens heen. Vrijheid *in the air*!

Hop, hop, hop. En niemand kijkt naar me. Hè jammer, nu al een stoplicht. Nou ja, dan ga ik niet rechtdoor, maar gewoon linksaf. Rennen zal ik.

Ik moet het toegeven, eigenlijk voelt het best lekker. Frisse lucht tot in m'n tenen, een blos op mijn wangen (vermoed ik) en gewoon het idee dat IK die vlotte, sportieve, energieke, spontane en doortastende (want zelfdisciplinaire) vrouw ben. Het geeft me een kick. Wat ook een kick geeft is dat ik na jaren dat het woord lopen uitsluitend actief in mijn woordenschat voorkwam in combinatie met kroeg (**kroeg·lo·pen** *[werkwoord; kroegloper] veelvuldig allerlei kroegen bezoeken*) nu zomaar minutenlang, zelfs een kwartier kan lopen! Vooruit, we gaan nog even door. Zie je wel dat junkfood, autorijden, meeroken en een zittend beroep allemaal geen enkele invloed hebben gehad op mijn gestel! Ik ben gewoon oer- en oersterk.

Een jongen op een fiets roept: 'Zet 'm op, meisje!' Ik grijns en voer het tempo een klein beetje op. Na een tijd kom ik in een soort roes terecht. De *runnershigh*! Nu al! Dit had ik zoveel eerder moeten doen. En nog altijd houd ik het gemakkelijk vol.

Gedachteloos ren ik verder.

Nou ja, gedachteloos. Weer doemt dat gezicht voor me op. Dat ene gezicht waar ik het *deep down* allemaal voor doe.

Ik probeer het te negeren, dat is me jaren gelukt, behalve 's nachts, en als ik te veel wijn op heb, en als ik een kaart krijg uit Italië, of een boek lees waar het woord Italië in voorkomt, of wanneer ik spaghetti, macaroni of iets anders met tomaten eet.

Het is het mooi gebeeldhouwde gezicht van de heer Mancini, mijn leraar wiskunde en mijn eerste grote wanhopige afschuwelijk onbereikbare liefde. Jaren heb ik stijf van de vlinders in zijn lokaal gezeten, wist ik zijn rooster tot aan elke zomervakantie uit mijn hoofd, stopte ik verborgen boodschappen in mijn huiswerk en schreef ik ellenlange brieven die ik daarna verbrandde, in de hoop dat de inhoud hem op telepathische wijze zou bereiken. Een keer ging dat mis en ontwikkelde zich een verschrikkelijke rook, de brandweer stond met loeiende sirenes in de straat en mijn ouders konden niet uit me krijgen wat er was gebeurd en daarna werd ik naar de therapeut gestuurd.

Nooit heeft hij geweten dat ik besta. Als vrouw. Ik zat natuurlijk in zijn klas, ik stond genoteerd in zijn agenda. Maar ik was zijn leerling. En zo herinnert hij mij zich vast nog. Een kind was ik.

Maar er is hoop.

Hij zal mij terugzien als vrouw, een volwassen, heerlijke, jonge en slanke, bijdehante, slimme en spitsvondige vrouw.

Intussen hobbel ik al op de Amsteldijk. Helemaal zelf gelopen!

Ik snap opeens waarom iedereen zo enthousiast is over hardlopen. Ik heb het gevoel dat ik de hele wereld aankan en dat al, werkelijk al mijn problemen opgelost zullen worden als ik blijf hardlopen. Onderweg zie ik tobberige moeders op de fiets, snelle jongens in snelle auto's met telefoons en ouden van dagen. Ga lopen, denk ik.

Ga gewoon hardlopen. Net als ik.

Na een halfuur ren (!) ik mijn straat weer in. *Un-believable*.

Als ik thuiskom ren ik zelfs nog de trap op. In gedachten feliciteer ik mezelf. Dit gaan we dus elke ochtend doen de komende zes weken.

In de spiegel, waar ik mijn blijdschap nog wat hoop te vergroten, zie ik dat mijn wangen geen charmante rode blos hebben van de buitenlucht. Integendeel. Ik ben knalrood, zie er opgezwollen en verhit uit en ik zweet zo erg dat je zou denken dat het buiten regent.

O nee! En ik moet over twintig minuten op mijn werk zijn! Ik ga meteen onder de koude douche staan, draai de warmwaterkraan steeds verder dicht tot ik bijna implodeer van het kippenvel.

Het heeft niet geholpen. Ik zie er nog steeds uit als een roodbilaap op het hoogtepunt van haar vruchtbaarheid.

Ik moet nú weg. Het is niet anders.

'Zo, droomprinses van me,' zegt Bart. 'Wat zie je er verrot uit.'

'O ja?' zeg ik. 'Ik voel me anders prima! Prima, hoor je!'

En ik spring energiek op mijn bureaustoel en laat me een stuk naar achter rijden.

'Wat is er met jou aan de hand?' vraagt Bart. 'Normaal doe je nooit zo voor halfelf.'

'Ik heb hardgelopen!'

Even denk ik dat Barts computer crasht, maar de geluiden die uit de hoek komen waar hij zit komen uit hemzelf.

Hij lacht.

Hij lacht me uit.

Hij lacht als een paard met jeuk op z'n rug.

'Hahaha! Waarom? Waarom toch?'

Woest start ik mijn pc op en besluit vanaf dit moment Bart nooit meer aan te kijken. Ik ga gewoon werken. Doen waar ik voor betaald word.

Pas aan het eind van de ochtend heb ik de gelegenheid om even in de centrale agenda te kijken. Wat ik al dacht: de week van 15 juni zit ik van boven tot onder en van links naar rechts ingeroosterd. Hoe moet dat nou? Pling. Mail van Bart.

Gaan we nog lunchen? Het spijt me zo vreselijk. Ik dacht dat je een grapje maakte.

Terwijl ik het mailtje lees komt hij naast me staan.

'Bol met bal? Of staaf met saus?'

'Nee,' zeg ik. 'Ik ga nooit meer naar Holle Bolle.' Ik haal een plastic zakje uit m'n tas waar een paar stengels bleekselderij in zitten.

Ik zie dat Bart de binnenkant van zijn wangen kapotbijt om niet weer verschrikkelijk in lachen uit te barsten.

'Echt!' zeg ik. 'Al dat vet. Ik ga een stuk lopen. Je mag wel mee als je wilt.' Zo vergevingsgezind ben ik dan ook wel weer.

De wind waait onze haren in de war.

Bart heeft geen eten bij zich, want die rekende op een vette hap en daarom krijgt hij een selderijstengel van mij. Gezamenlijk knagend lopen we door de wijk.

'Gaat het wel goed met je?' Bart zwaait naar Sonja die gebaren van onbegrip maakt voor de deur van haar zaak.

'Je doet zulke rare dingen. Daten met vreemde kerels. Hardlopen. Groente kauwen.'

'Ach,' zeg ik terwijl ik een slok water neem uit het flesje dat ik meegenomen heb. 'Zo raar is dat toch allemaal niet?'

'Ik haat bij voorbaat het antwoord, maar je bent toch niet verliefd, hè? Die Michel was toch een glibberig watje met verweekt snot?'

De wanhoop die tussen zijn woorden klinkt doen me overlopen van liefde en ik sla een arm om zijn teddyberenmiddel.

'Maak je geen zorgen. Het is niets van dat alles. Ik heb een reünie.'

Ik voel hoe hij opgelucht uitademt.

'Waarvan?' vraagt hij.

'De middelbare school.'

'Dan ga je dus naar Rome.'

'Wat een deductievermogen!' kraai ik.

'Nou zeg, Wanneer is dat?'

'In juni.'

'In juni?'

'In juni. Midden in de verkiezingsstrijd.'

'Lekker dan.'

'Ik heb al een plan,' zeg ik samenzweerderig. 'Help je me?'

*

'Je kniegewricht is zwaar overbelast,' zegt de huisarts. 'Wat heb je gedaan! Heb je in je eentje een voetbalveld betegeld in een dag?'

'Hmmm,' zeg ik beteuterd. 'Hardgelopen.'

Die ochtend was ik wakker geworden met het gevoel alsof ik met honderden kleine spijkertjes aan mijn bed genageld was en alsof er enkele grote spijkers in mijn knieën waren geramd. Ik kon geen vin verroeren. Spierpijn *all over*. Benen, voeten, tenen, mijn rug, mijn armen. Zelfs mijn vuisten. Dat kwam van al die vastberadenheid natuurlijk. Na een kleine twintig minuten zat ik eindelijk rechtop op de rand van mijn bed. Toen merkte ik dat het buigen van mijn knieën ondoenlijk was. En op mijn benen stáán leek al helemaal een illusie van de eerste orde.

'Hardgelopen? Da's de ellende van deze tijd. Zeker geen goeie schoenen gekocht? Zeker meteen een kwartier gelopen zonder training?'

Drie kwartier, denk ik, maar dat durf ik natuurlijk niet te zeggen.

'Absolute rust. Nog geen tv op een andere zender zappen.' Hij schrijft een receptje voor spierverwarmers op. 'Geen stap sneller dan iemand van negentig!' kijkt hij streng over zijn bril naar me.

Strompelend verlaat ik de huisartsenpost. Autorijden gaat uiteraard ook niet, ik krijg mijn voet niet op het gaspedaal en al helemaal niet op de rem.

Gelukkig haalt Bart me op en breng ik de rest van de dag op kantoor door op mijn bureaustoel, als ware het een rolstoel.

En Bart zorgt voor me. Hij brengt me een kopje koffie, een nieuwe pen, een puntje aan mijn potlood, een kussen voor onder mijn been en tussen de middag gewoon een broodje. Met tonijnsalade. En extra mayo.

*

Een paar dagen later gaat het al een stuk beter.

Mijn knieën buigen weer, mijn spieren staan niet meer onder spanning alsof er tweehonderdtwintig volt op staat en het lukt me weer om zelfstandig van links naar rechts te kijken. En terug.

En ik ben een kilo afgevallen omdat ik niet de hele avond naar de koelkast kon lopen en het moest doen met wat Bart voor me klaarzette voor hij weer naar huis ging. Wat niet zoveel was. Op mijn verzoek.

Nee, voor mij niet meer hardlopen. Ik houd het wel bij kauwgom kauwen (vijf calorieën per uur) en ijsblokjes eten (nul calorieën per stuk).

Maar dan volgt de grootste klus. Het kost me een paar weken voorbereiding. Weken waarin ik mezelf enorm moet toespreken. Waarin ik al mijn principes met het grofvuil meegeef. Overal op mijn computer heb ik memo's gehangen met '15 juni' en 'Rome' en '*de cost gaat voor de baet uit*' en ik heb zelfs de stelling van Pythagoras opgehangen. Daar doe ik het voor.

Sandra weet niet wat haar overkomt.

Ik zet 's ochtends een kop thee voor haar neer. Ik vraag hoe haar weekend was. Vervolgens luister ik naar die oeverloze kwaakverhaaltjes over wat die kinderen gezegd en gedaan hebben en hoe ze keken en hoe schattig het eruitzag en ze heeft ook na elk weekend een paar honderd foto's die ze me laat zien en bij elk hoort weer een verhaal van hier tot Tokio. En ik krijg spierpijn in mijn kaken van het glimlachen.

Ik vlucht niet elke pauze met Bart naar buiten, maar blijf zelfs enkele keren alleen met haar in één ruimte. Vraag hoe zij de lekkerste tomatensoep maakt. Waar ze dat leuke truitje toch gekocht heeft. Of zij iets weet tegen cellulitis.

Het werkt. Ze neemt recepten voor me mee, bewaart een kortingsbon voor afslankpilllen (het lichte beledigde gevoel dat ik daarover heb, druk ik meteen weg) en stuurt me een mailtje met weer een foto van haar kids.

Op een ochtend acht ik de tijd rijp. Bart knipoogt me toe.

'Sandra, zeg, als je eens oppas nodig hebt, dan wil ik dat best een keer doen, hoor!'

Sandra kijkt me aan alsof ik iets gezegd heb waar je meteen voor opgepakt kunt worden.

'Ik meen het. Ik zie dat je moe bent. Ga eens lekker met je man een weekendje weg. Dat heb je wel verdiend.'

Ik zie een heel klein glimlachje opduiken, dat meteen weer verdwijnt.

'Ik zie wel,' zegt ze, met een norse blik waar ze zichtbaar moeite voor moet doen.

Als ze even later iets staat te kopiëren kijk ik even heel terloops op haar scherm. Er staan twee vakantiesites geopend en weekendjeweg.nl

Dat gaat goed komen. Dat gaat helemaal goed komen.

*

Het is voor een goed doel. Dat houd ik mezelf voor. Als een plaat voor mijn hoofd, zou je kunnen zeggen. Een stalen plaat. Uiteindelijk kan dit het allereerste begin betekenen van zo'n zelfde plaatje, maar dan met twee koters van mijzelf.

Picture this: Ik, met twee lieftallige peuters, een kopje

koffie en een broodje makreel aan een tafeltje op de lunchverdieping van V&D.

'Als ik ooit wat voor je terug kan doen,' zei ze, met van dankbaarheid glimmende ogen en een echtgenoot die met zijn hand al onder haar trui zat nog voor ze de deur uit waren. Bas van twee en Britt van drie sprongen intussen met hun schoenen aan op mijn dure designbank waar ik lang voor heb moeten sparen.

'Nou,' zei ik. 'Er is wel wat.'

En ik dacht nog: die is hartstikke gek. Twee daagjes wat babysitten tegenover vijf dagen verkiezingsvoorbereidingen in je eentje klaren. Maar de snelheid waarmee Sandra instemmend knikte toen ze het rooster bekeek en vervolgens ja zei had al mijn alarmbellen af moeten laten gaan.

Nu weet ik niet meer zo zeker wie er hartstikke gek is. Nou.

Eigenlijk weet ik het wel. Ik ben na drie kwartier al volledig afgemat. Nog zesendertig uur, veertien poepluiers, zevenhonderd boekjes en achtduizend snottebellen op mijn schouders. Dan ben ik er weer vanaf.

We hebben er de hele ochtend over gedaan om bij de lunchroom te komen en mijn volslagen naïeve gedachte was dat ik hier even tot rust kon komen en bovendien even zou kunnen flaneren met de twee engeltjes. Eens even kijken hoe die moederrol mij zou bevallen, in volstrekte harmonie met twee jonge mensjes. Ik zou ze van alles vertellen, nieuwe woordjes leren, ze zouden aan mijn lippen hangen als ik hen eindeloos zou voorlezen en we zouden samen koekjes bakken. Ze zouden mij geweldig vinden en zouden willen dat ik hun moeder was en iedereen op straat zou omkijken omdat ze al heel lang niet zó'n leuke, vlotte, energieke moeder hadden gezien en mannen zouden meteen denken: met zo'n vrouw wil ik nog wel een kindje maken. En aan het eind van de eerste dag zouden ze als twee blozende beertjes in slaap vallen. Dat was het idee.

Niets van dat al. Het is kwart over twaalf en ik ben kapot. Totaal kapot. Nog geen hap heb ik van mijn broodje kunnen nemen. De koffie is koud geworden. Nog een zo'n dag en ik ben al mijn zes kilo's in één weekend kwijt. Ik voel me zo moe, zo vreselijk moe. Hoe bestaat het dat dit zoveel energie kost?

'Britt, niet doen,' breng ik zwakjes uit.

Britt strooit suiker uit een zakje op tafel. Dat is leuk! Ze pakt het volgende zakje en scheurt het open, de suiker vliegt door de lucht in mijn haar en dat van mijn achterbuurman die zwaar geïrriteerd naar me kijkt. Ik doe mijn leuke-vrouwengrijns, maar die werkt niet.

'Britt, zou je daar mee op willen houden?' vraag ik. Nog altijd vriendelijk.

'Nee! Is leuk!' roept Britt. Ik pak alle suikerzakjes van tafel en stop ze in m'n tas.

Bas begint te blèren bij een omvergetrokken dienblad en heeft zich van boven tot onder ingesmeerd met mijn broodje makreel, over de appelsap, koffiemelk en snot heen die al in zijn trui zat. Hij vindt mij stom en zegt dat vijf keer per minuut.

'Je bent zelf stom,' sis ik na vijfentwintig keer.

'Dat zég je niet tegen een kind!' foetert mijn achterbuurman die met zijn spullen op een dienblad opstaat en ergens anders gaat zitten. Daaag! Heeft zeker geen kinderen. En is zelf nooit kind geweest. Ik aai Bas door z'n zachte kinderkrulletjes.

'Ik bedoelde het niet zo,' zeg ik. Bas stopt een zilveruitje in m'n neus. Ik nies het prompt uit.

Britt zit op de stoel naast me en drinkt braaf haar flesje appelsap. Herstel. Zát braaf naast me. Waar is ze gebleven? Mijn bloed stijgt meteen tot aan mijn haarwortels en snel kijk ik om me heen.

Alle andere mensen in het restaurant kijken voor zich uit. Tuurlijk. Niemand let ook even op, wat is dit voor individualistische maatschappij? Je ziet toch dat ik het zwaar heb!

Ik zet kind één blèrend en smerig en al terug in de buggy, klik 'm vast en ren zwetend rond op zoek naar de ander. Hoe snel kan een kind van drie zijn?

Snel. Heel snel.

Ze is niet in het restaurant, niet in de keuken, niet tussen de broodjes in de vitrine, niet in de combimagnetron en niet in de vaatwasmachine. Ik zie geen enge mannen met kleine kinderen het restaurant uit lopen. Wat nu! Waar?

Hoewel ik verwacht dat ik haar elk ogenblik in mijn ooghoek te zien zal krijgen, pompt mijn lijf elke tiende van een seconde dat dat niet gebeurt de adrenaline door mijn lijf. Krantenkoppen verschijnen voor mijn geestesoog: *oppas raakt kind kwijt in restaurant, kind ontvoerd, misbruikt, vrouw krijgt dertig jaar cel.*

Daar gaat mijn leven, mijn talent, mijn kansen. In een fractie van onoplettendheid is alles wat me lief is voor altijd verdwenen.

'Zoek jij je kind?' vraagt een man die me streng aankijkt. 'Dáár!' Hij wijst naar de herenwc. In andere omstandigheden, met andere prioriteiten, in een ander leven, miljarden lichtjaren hiervandaan, had ik zeker gepoogd werk te maken van dit heerschap. Lang, donker, woest aantrekkelijk. Maar hij kijkt zó minachtend dat er vanuit het niets een gedachteballonnetje boven zijn hoofd opstijgt met de tekst: *wat een waardeloze moeder!* en ik meteen besef dat ik *never* meer een kans maak. Bij het mannelijke deel van het restaurant én het personeel ook niet, trouwens. Het lijkt wel of het hele restaurant naar me kijkt alsof ik in zo'n modern opvoedkundig programma zit. En dan in het deel waarin de nanny hoofdschuddend naar de opnames kijkt, handenwrijvend bij zo'n fantastische klus.

'Waar ben je? Kom onmiddellijk hier!' roep ik, hopelijk met hoorbare wanhoop in mijn stem, om maar het idee te verspreiden dat ik wel degelijk begaan ben met die mormels.

Ik doe de deur open van de herenwc en een golf van opluchting overspoelt me, als daar inderdaad een klein meisje op de grond zit, omringd door een grote hoop wc-papier die steeds groter wordt.

'Donna, kijk! Pier!' roept een verrukte Britt.

'Britt!' roep ik. De blijdschap is niet gespeeld. 'Zit je hier?' Ik pluk het kind van de vloer waarop ze meteen begint te schreeuwen.

Onder mijn arm neem ik haar dwars door het restaurant mee naar haar broertje. Ik trotseer de blikken van de klanten aan de tafels die omgedraaid naar me zitten te kijken. Pas als ik weer bij het tafeltje aan het raam arriveer, zie ik dat ze de grote berg wc-papier niet los heeft gelaten en dat we een lang wit spoor achtergelaten hebben tussen en over alle tafels door. Ik zie nog net de donkere goddelijke man een stuk wc-papier uit zijn soep vissen.

Bij ons tafeltje is de ramp al niet kleiner. Bas heeft mijn tas te pakken gekregen en alles, alles wat erin zat om zich heen geworpen. Mijn hele leven ligt uitgestald op de tafel en de vloer. Lipstick, gephotoshopte foto van mij op het strand, tweehonderd tampons, mijn mobiele telefoon, dropjes (los), kauwgum (gebruikt), een kapot proefzakje antirimpelcrème, mijn agenda, inlegkruisjes, bonne-tjes die ik moet bewaren, bonnetjes die ik allang weg had kunnen gooien, een klokhuis en een ondefinieerbare bruine derrie. Waarschijnlijk een ooit meegenomen banaan.

'We gaan weg!' beslis ik. Ik plant de twee kinderen in hun buggy, prop alles in mijn tas, betaal een minzaam naar de troep kijkende ober een fikse fooi en als hij niet ophoudt met minzaam kijken leg ik er nog een tientje bij en wandel daarna met opgeheven hoofd, en zo snel als mijn hoge hakken mij kunnen dragen, de tent uit, waarbij ik niet de fout maak zoals op de heenweg om met de roltrap te gaan, want daar bleef ik steken met mijn hak in de ribbels van de trap en duurde het nog een kwartier en het verschijnen van de technische dienst voor ik verder kon lopen.

Ik kan wel janken.

Maar gelukkig doen de kinderen dat al voor mij. Ze blèren de hele straat bij elkaar en oude vrouwen kijken neusophalend van mij naar de kinderen en terug en leuke mannen gaan pardoes aan de andere kant van de straat lopen als ze mij zien.

Ik voel me diep, diep ellendig. Ik wil naar huis en wel nu. Ik wil de televisie aan en chips in die kinderen proppen en één ding is zeker, ik ga meteen weer aan de pil. Hoe dan ook.

En dan voel ik een hand op mijn schouder.

Het kan me niet schelen wie het is, hij of zij komt als geroepen. Mijn reddende engel.

Ik kijk om in het stralende gezicht van Bart.

Even later zitten we bij Bart thuis. Hij heeft een video met Teletubbies opgezet, de kleintjes zitten/liggen op de bank met een door Sandra uitdrukkelijk verboden lolly en ze zijn stil.

Stil, stil, stil.

Ik kan mijn eigen hartslag weer horen, mijn eigen ademhaling en langzaam maar zeker word ik weer helemaal mezelf. En belangrijker, ik kom eindelijk aan mijn eerste complete en warme kopje koffie van die dag toe.

'Je hebt het zwaar gehad, hè?' Bart lacht.

Ik heb de kracht niet meer om terug te lachen.

'Heb je al gegeten?' vraagt hij en staat al op.

Terwijl Bart in de keuken zich uit gaat staan sloven werp ik mijn schoenen op de grond en leg mijn voeten op een stoel. Net op tijd, want Tinky Winky begint net met ijs te gooien. De kinderen gieren het uit. Ik volg de gekleurde figuurtjes en hun vrolijke gebabbel op het scherm. Ze knuffelen elkaar om de haverklap. Zo zou het in het echte leven ook moeten gaan, mijmer ik. Lekker veel knuffelen. *Make love, not war*. Mmm, ik stel me voor hoe zo'n zachte knuffelbeer naast me zit. Die groene het liefst. Hoe heet die ook weer? Huh? Het lijkt wel of hij me gehoord heeft, want hij komt zo de tv uit stappen. Hij kijkt me aan met zijn grote lieve ogen en komt naast me zitten. Dan streelt hij met een zachte knuffelvinger over mijn wang.

'Je eitje is klaar,' zegt hij. Ik schrik wakker. Het is Bart, die met zijn vinger over mijn wang heeft gestreeld.

'Ik liet je maar even slapen,' zei hij. 'Volgens mij had je het nodig.' Waar zijn de kinderen? denk ik meteen. Ik kijk de kamer rond. Het grut is in diepe, diepe slaap gevallen op de bank.

'Blijven jullie eten vanavond,' fluistert Bart.

Dat doen we.

Bart doet boodschappen en zolang de kinderen slapen treffen wij sluipvoetend voorbereidingen voor onze overheerlijke diepvriespizza met instanttoetje. Bart bikt de oven schoon en ik was de minimaal benodigde hoeveelheid borden en bestek af terwijl Bart een ontzettend lekker cd'tje heeft opgezet. Zacht.

Na een klein uurtje wordt Britt wakker.

'Mama?' vraagt ze met kleine oogjes van de slaap.

'Mama is er niet.' Ik kom even naast haar zitten en sla mijn arm om haar heen. 'Je bent bij Donna en bij Bart. En weet je wat? We gaan vanavond pizza eten!'

'Lussik niet!' roept ze.

Bas is ook wakker geworden.

'Ach, weet je,' zegt Bart. 'Deze hoeven we niet op te voeden, alleen maar op ze te passen. Die van ons later, die zetten we in een ijzeren gareel.'

'Oké,' zegt hij tegen de kinderen. 'We maken pannenkoeken. Omdat het feest is. Logeerfeest.'

Bas en Britt springen op de bank van blijdschap. 'Pankoeken! Pankoeken!'

'Deze houd je van me te goed, oké?' Bart schuift de bijna warme pizza in huishoudfolie en legt die in de diepvries. Dan warmt hij in enkele seconden een paar kant-en-klare pannenkoeken op in de magnetron. Ze gaan allemaal op.

's Avonds in m'n eigen flat, zonder Bart, zet ik de twee lieve lijfjes onder de douche. En daarna lees ik hun voor op de bank. Bas valt al tijdens de eerste bladzijde tegen me aan in slaap. Britt leg ik in m'n twijfelaar en ze slaapt zodra haar hoofd het matras raakt. Ik leg een deken over het slapende jongetje naast me op de bank.

Gelukkig is er een lekker romantische film op tv. En heb ik nog een zak choconootjes en een flesje rosé voor de boeg. Zo zachtjes mogelijk kruip ik naast Bas op de bank.

De film is net goed en wel begonnen als ik een stemmetje hoor.

'Kannieslape,' zegt Britt. En hoewel ik van alle tv-programma's weet en in de bladen gelezen heb dat je consequent moet zijn en dat nee nee is en dat...

'Kom maar,' zeg ik. 't Meisje nestelt zich tegen me aan en ik leg de deken over ons heen.

'Kannieslape,' zegt Bas.

'Kom ook maar,' zeg ik. En hij kruipt aan de andere kant naast me onder de deken. Wel jammer van die film, maar ik durf 'm niet verder te kijken. Daarvoor staan er net iets te veel twaalf- en zestien-plus kijkwijzericoontjes in de gids. Dan maar voetbal en biljart.

Ik durft niet te bewegen. Mijn rosé en mijn nootjes blijven onaangeroerd op de tafel staan, omdat ik niet zeker weet of ze al slapen. Uiteindelijk val ik zittend ook in slaap.

*

De volgende dag word ik wakker te midden van een soort fort. De kinderen hebben met al mijn boeken een muur om de bank heen gebouwd.

'Gfange!' roept Bas.

'Boef!' grijnst Britt. Gelukkig mag de gevangene lekkere broodjes en jus d'orange in haar cel serveren en delen met haar cipiers.

De rest van de dag sta ik er weer alleen voor. Bart moest zijn broer helpen verhuizen. Ik bel Sasja. Ik hoor haar aarzeling. Een hele middag met twee kinderen?

'Het is echt zó gezellig,' roep ik. Ik weet dat ze me niet gelooft en ik zou mezelf ook niet geloven.

Maar ze komt toch.

Dat is nog eens een vriendin.

'We gaan koekjes bakken!' roep ik.

We zijn de hele middag bezig. Hartstikke leuk.

Als de bel gaat denk ik enkele seconden dat het de oven is, tot het tot me doordringt dat het de voordeur is.

Sandra en haar man Herman staan voor de deur. Ze kijken heel gelukkig, rozig en blij. Ik voel een steek door mijn hart.

'Hoe is het gegaan?' zegt Sandra.

Hoewel ik gisteren nog van plan was om in allerlei ondubbelzinnige bewoordingen te vertellen dat ze die kiddo's eens wat beter moet opvoeden en dat ze me wel eens had mogen waarschuwen, komt er alleen maar 'heel goed' uit mijn mond en ik meen het nog ook.

Als Sandra en haar man binnenkomen, springen de kinderen op tafel.

'Mama! Koekjes gebakken!' roept Britt.

'Papa! Hut bouwt!' roept Bas. Ze springen van hun

stoel en grijpen met hun meelhandjes de nette broek van hun ouders beet.

Sandra omhelst de kinderen en knuffelt ze helemaal plat. Aan haar ogen kan ik zien dat ze ze erg gemist heeft.

'Hoe hebben jullie het gehad?' vraag ik. Herman en Sandra kijken elkaar zo gelukzalig aan dat het me niks zal verbazen als ik over driekwart jaar een paar maanden alleen zal moeten werken omdat zij zwangerschapsverlof heeft.

'Gaan jullie mee naar huis?' vraagt ze. 'Zeg maar dag tegen Donna.'

'Donna is lief!' roept Britt. Ze komt naar me toe en slaat haar mollige armpjes om mijn nek. Bas doet hetzelfde en ik voel dat ze deeg in mijn haar wrijven.

'Jullie zijn ook lief,' zeg ik en tot mijn verbazing zit er een kraak in mijn stem. Ik pak de spullen van de kinderen bij elkaar, doe de zelfgebakken koekjes in een trommeltje en zwaai ze uit tot ze de galerij af zijn.

En dan zijn ze weg.

Sasja staat met haar (vanwege tere kinderzieltjes binnenstebuiten gekeerde) blotemannenschort in de keuken en laat langzaam het bestek in het afwaswater plonzen. Het is opeens stil. Zo stil.

Ik ga op een stoel zitten en draai rondjes met mijn vinger in het meel op tafel.

Sasja komt naast me zitten.

'Wat een leuk spul,' zegt ze.

We kijken naar de ontplofte bende en daarna kijken we elkaar aan.

'Denk jij wat ik denk?'

'Hmmm!' knik ik. We werpen ons schort af en doen onze gympies uit. Hier met die pumps. Op het balkon kloppen we de ergste meelwolken uit onze kleren en haren en dan springen we op de fiets naar grand café De Luie Zondagmiddag.

Terwijl we door loom Amsterdam fietsen op deze mooie voorjaarsdag is me één ding duidelijk geworden: mijn achting voor Sandra is eeuwig gestegen. Ik zal haar nooit meer klieren en ik hoop dat ik straks op kantoor de neiging kan onderdrukken om te vragen of ze een van de foto's op haar bureau wil omdraaien, zodat ik die ook kan zien.

*

Net als ik 's avonds op de bank hang en informatie opzoek over mannen die zich vrijwillig aanmelden als donor, gaat de deurbel. Ik kijk in de spiegel die aan de buitenkant van het kozijn bevestigd is.
'Oh nee,' kreun ik. Ik heb het lang tegen kunnen houden, vele telefoontjes weggedrukt, e-mails gedeletet en sms'jes stomweg genegeerd, maar nu kan ik er niet langer omheen. Ze staan voor mijn deur.
Martijntje en Rozemarijntje.
Ik had op de voicemail wel gehoord en begrepen dat ze langs wilden komen. Om elkaar wat beter te leren kennen, en mekaar een beetje gezellig aan te gapen, en in mijn gezichtsveld hand in hand te zitten tot ik ofwel zo treurig zou worden dat ik wenend op de vloer zou storten, of dat ik zo boos en agressief zou worden dat ik hen in één beweging de straat op zou mieteren.
En omdat Rozemarijntje nog nooit in de grote stad

Amsterdam was geweest leek het hun leuk om eens een dagje Amsterdam te doen en natuurlijk een bezoekje te brengen aan grote zus.

'Wat leuk,' breng ik uit.

'Je reageerde maar niet,' zegt Martijn met een blik waarmee hij de ware reden daarvan probeert te doorgronden, wat hem uiteraard niet lukt.

'Nee, druk gehad,' zeg ik. Inmiddels is het besef tot me doorgedrongen dat ik toch echt de deur open zal moeten doen en dit prille geluk in mijn bestaan zal moeten toelaten.

Het is een ongehoorde bende in mijn appartement, nog vanwege het kinderbezoek, maar beleefd als ze zijn zeggen ze er niets van. Wel blijven ze rustig midden in de kamer staan tot ik genoeg boeken, kleding, cd's, half opgegeten liga's, plakkerige lollies en een verdwaalde poepluier van de bank en de stoelen heb afgeschraapt zodat ze kunnen zitten.

'Wat woon je hier leuk,' zingt Rozemarijntje. Ach, wat een liefje.

Ze gaat rustig naast Lorenzo zitten en begint hem voorzichtig te aaien, precies zoals hij dat fijn vindt. Hij gaat dan ook bijna direct op zijn rug liggen, iets wat maar weinig mensen voor elkaar krijgen. Kijk. Dat is nou wel weer aardig.

Hmmm. Toch wil ik haar voorlopig nog een softe muts blijven vinden.

Martijn heeft – hoe lief – een doosje met bonbons meegenomen van de bakker een straat verder.

'Wat lief, dankjewel,' zeg ik. Ik steek er meteen drie in mijn mond. Rozemarijntje wil niet, want 'ze wil haar eetlust niet bederven' en Martijn schudt ook nee, maar ik zie dat het hem moeite kost.

Ik maak koffie en kruidenthee voor Roosje. Gelukkig komen ze niet in de keuken, want ik heb het vermoeden dat ze dan meteen de GGD bellen.

Ik hoor ze gezellig keuvelen terwijl ik mijn Senseo-apparaat aan het werk zet. Ondertussen bedenk ik manieren om hen zo snel mogelijk mijn huis weer uit te krijgen.

'Alsjeblieft!' kwak ik de koffie op tafel, terwijl ik met mijn voet nog snel wat vuile was onder de bank schuif. Ergens uit een diepe verte schraap ik het laatste restje energie dat ik nodig heb om belangstellend te zijn.

'Zo, en vertel eens, waar zijn jullie vandaag geweest?'

'O, zo leuk!' kirt het meisje. 'Eerst in het Rijksmuseum, zo mooi! Vooral die zeventiende-eeuwse portretten. Wauwie! Hè, Tijntje? Wat hebben we ervan genoten. En daarna nog even het Stedelijk meegepikt. Wat een stad, wat een stad.' Rozemarijntje schudt haar hoofd met samengeknepen lippen. 'Voor jou is het natuurlijk allemaal heel gewoon. Jij woont hier!'

Ik knik. Het valt niet te ontkennen. Ik zal haar schedeldak eens laten ontploffen: 'Ik ga over twee weken naar Róme.'

'Wauw!' Rozemarijntjes ogen lichten op. 'Wat vér! Wat gaaf.'

'Nog koffie?' En ik hoop natuurlijk dat ze 'nee' zeggen. Maar Martijn zegt zelfs: 'We hoopten dat we hier konden blijven eten. Als het jou niet te veel moeite is. Maar we dachten, voor jou misschien ook wel eens gezellig om niet alleen te eten?'

Welja. Dat kan er ook nog wel bij. Eten bij zielige zus. Ze moesten verdorie maar eens een bezoekregeling afspreken. Anders zou ik helemaal wegkwijnen.

'Weet je wat,' zeg ik, 'om alvast in Italiaanse stemming te raken laten we pizza's bezorgen, oké?'

'Bezorgen?'

'Ja, hoezo?'

'Zo grappig. Ik wist niet eens dat dat kón!'

'Roos maakt altijd al haar eten zelf,' verduidelijkt Martijn. 'Zodat ze weet wat ze binnenkrijgt. Ze is nogal gevoelig, zie je.'

Ik krijg hier sterk het gevoel dat ik nu geacht word zelf uren in de keuken te staan om Rozemarijntje te bekoren.

'Zal ik voor jou een boterham smeren dan?' vraag ik zo lieflijk mogelijk. 'Of een onbespoten boerenvezelknäcke-bröd bedoel ik natuurlijk?'

'Nee hoor, ik eet wel gewoon mee! Ik ben zo makkelijk!'

Ik bel en bestel nummer zes, acht en twaalf.

'Voor mij geen hele, hoor,' fluistert Roosje. 'Krijg ik nooit op! Ik eet wel een stukje met jullie mee.'

'Alleen zes en acht,' herstel ik de bestelling.

Terwijl we wachten op de bezorger kabbelt het gesprek nog wat voort, als een lieftallig beekje door een zoet landschap.

Roosje vindt alles 'fantastisch' en 'super' en Martijntje zit alleen maar breeduit te grijnzen en walgelijk verliefd te staren naar dat dunne, slanke, keuvelende stuk levensvreugde.

Na een tergende drie kwartier wordt er eindelijk aangebeld.

Terwijl we samen in de keuken de *tonno* en de *formaggi* op bordjes schuiven, zegt Martijn: 'Je zou toch ook eens een relatie moeten nemen, zus. Het is zo leuk. En gezellig. Maar 't is meer dan dat. Alsof mijn leven een nieuwe dimensie heeft gekregen.'

'Werkelijk?!'

'Ja, echt,' zegt Martijn. 'Ik zou niet anders meer willen. 't Is echt een sprookje. En we leven nog lang en gelukkig.' Hij zucht verheerlijkt. 'Maar ik snap jou ook wel, hoor. Lekker van je vrijgezellenbestaan genieten.' Ik kijk naar zijn gezicht. Hij meent het ook nog. Met nauwelijks verholen weerzin laat hij een beschimmelde koffiepad in de prullenbak vallen.

'Lekker nergens rekening mee houden. Alleen met jezelf.'

'Weet je,' zeg ik. 'Dat van ze leefden nog lang en gelukkig, stamt uit de tijd dat mensen niet ouder werden dan zo'n dertig jaar.'

5

Zondagochtend, twee weken later. Ik bevind mij op Schiphol en moet nog anderhalf uur wachten tot mijn vliegtuig vertrekt. Doelloos dwaal ik wat rond over het vliegveld. Heerlijk, zomaar slenteren. Zou ik vaker moeten doen.

Ik neem een grote kop koffie en een broodje.

Over een paar uur ben ik weer mijn oude, eigenlijke, ware zelf. Ik zit nu in het overgangsgebied, tussen Nederland en Italië, tussen lomp en praktisch en romantisch en verfijnd. Ik kan niet wachten tot de metamorfose voltrokken is.

Met een plastic lepeltje roer ik in een piepschuimen beker en een in zestien servetten verpakt broodje en ik probeer de blikken van een kwijlende, harige, zieltogende zwerver die een eind verder op een bankje zit te negeren. Ik zet mijn tanden halverwege het broodje, en voel me niet, nou ja, een beetje bezwaard.

Hè! Als er toch geen ellende was in de wereld! Dan zou ik me een stuk beter voelen.

Mijn gedachten gaan naar de laatste dagen voor mijn vertrek. De laatste dagen met poedereten, lightdrank en idiote werktijden bij EsZet. Het heeft wat voeten in de aarde gehad voor ik met een gerust hart weg kon van EsZet vrijdag. Dat weggaan is uiteindelijk gelukt. Het geruste hart niet. Er vielen allerlei lijken uit de kast en de stroom mailtjes knetterde via de draadloze verbinding door de lucht en Sandra ging steeds dramatischer kijken. Op het laatst leek ze een beetje op Brooke uit *The Bold and the Beautiful*. Ik niet. Ik was de rust zelve. Ik verwacht na Rome toch wel dat ik gevraagd word om te solliciteren als Erics secretaresse en uiteraard ook dat ik het dan word. Ik heb erg mijn best gedaan de afgelopen week.

Maar het ongeruste hart hield slechts stand tot ik om zes uur in de auto stapte en de motor aanzette. De seconde dat ik de deur achter me sloot op vrijdagmiddag, een huilende Sandra en een briesende meneer Van Zuilen achterliet, welde er een innerlijke rust in me op die ik niet meer gevoeld heb sinds ik de deur van het lokaal sloot waarin ik mijn laatste examen deed.

Maar dat kan ook komen doordat ik mijn mobiel meteen uitzette en de nummers die van kantoor, collega's of aanverwanten zouden kunnen komen meteen blokkeerde. Behalve die van Bart. Want die zorgt de komende week voor Lorenzo. En daarmee is hij in goeie handen. Dat heb ik wel gezien bij de kinderen van Sandra. Bart zou een goeie vader zijn.

Het vliegtuig vertrekt zowaar op tijd.

Iedere kilometer die we vliegen voel ik de Italiaanse in mezelf meer tot leven komen. Ik zit meer rechtop, mijn benen over elkaar, mijn gedachten gaan half over in het Italiaans en als de stewardess langskomt neem ik geen koffie maar cappuccino.

Gelukkig zit ik niet naast een opdringerige vent, een chagrijnige puber of een kwekkende dame, maar naast een keurige zakenman die rustig wat op zijn laptop zit te typen. Ik heb een boek meegenomen, dat ene boek van mijn vader waar ik maar niet doorheen kom. Nog steeds niet, maar ik houd het goed rechtop, want het staat me goed. Literatuur als accessoire. Een eindje verder zit een man die er al ingestonken is. Zo nu en dan kijkt hij om, zogenaamd om op het scherm achter me te checken waar we vliegen, om daarna naar mij te glimlachen tot zijn vrouw hem weer in de houding trekt.

Mijn gedachten kruipen onhoudbaar naar de komende week.

Straks zie ik ze weer, Sita en Alyssa. Mijn vriendinnen. Sita ben ik uit het oog verloren, maar Alyssa heeft haar opgespoord. Ze woont net buiten Rome en ze komt ook naar de reünie.

Sita was blond en heel erg grappig. Ze kon erg goed leren. Met Sita kon je gewoon verschrikkelijk lachen. Die had de lol aan d'r kont hangen. Ik zit alweer te grijnzen als ik aan haar denk. Sita was de mooiste van ons drieën. Het vervelende was dat ze ook nog eens heel erg aardig was, wat het lastig, vrijwel onmogelijk maakte om haar te dumpen. Jongensjacht werd een deprimerende toestand als zij erbij was. Weet je, ze was misschien nog niet eens mooi-mooi. Maar ze hád iets. Iets dat haar kennelijk onweerstaanbaar maakte. Ze heeft zonder het bewust te willen een stuk of wat vriendjes van me losgeweekt. Die zagen mij gewoon niet meer staan toen ze ontdekten dat Sita mijn vriendin was. En Sita zelf was zich nergens van bewust, zodat je met goed fatsoen niet eens woedend op haar kon worden. Sita ging gewoon lekker haar eigen gang en voor haar hoefde dat jongensgedoe allemaal niet zo. Het voordeel was wel dat Alyssa en ik de jongens er heel makkelijk van konden overtuigen dat Sita niks in hen zag, dat ze een beetje raar was, en dat ze eigenlijk op vrouwen viel (dat was trouwens een inschattingsfout van de eerste orde, want toen dat bekend werd onder de jongens werd ze populairder dan ooit).

Jammer dat ik haar nooit meer heb gezien na het examen.

We gaan naar Rome toe, we gaan naar Rome toe, zing ik in mijn hoofd. Uit het vliegtuigraam is nog niets te zien behalve wollige wolkenluchten en heiige verten. Nog een uur.

Waar ik vooral heel erg benieuwd naar ben is Caroline. Niet naar haar als persoon, maar naar haar verschijning. Caroline was een bloedmooie, onaardse vrouw.

Caroline was... Caroline.

Zo mooi dat er geen ruimte meer was voor andere eigenschappen die een mens kan hebben. Zij was alleen maar mooi. Ik weet dan ook niet meer zo veel van haar, behalve dan dus dat ze de hele tijd heel erg mooi stond te wezen en dat wij verschrompelden tot grijze muisjes als ze in de buurt was en wij haar daarom niet in de buurt wilden hebben. Ook niet als er geen jongens in de buurt waren. Wij verdampten eenvoudigweg in haar nabijheid. Wij als gewone stervelingen hadden geen contact met haar. Caroline was voor ons een afgezant van een andere wereld, zij was ons ideaal en onze ergste vijand tegelijk. Zij was een tropische vis met kleuren die op aarde niet bestaan, zo mooi, en wij waren de kikkervisjes in een boerensloot. Zij was het frêle elfje uit een sprookje van duizenden jaren oud, wij waren de trollen uit Lapland. Ze was lang, donker, zwoel. Ze droeg nooit bijzondere kleren, maar doordat zij ze droeg werden ze bijzonder. Och, ik moet opeens weer denken aan het truitje.

Na ik weet niet hoeveel borden afwassen in een vaag restaurantje waar ik zwaar onderbetaald werd en de handen van de eigenaar regelmatig van me af moest slaan, kon ik eindelijk hetzelfde truitje kopen als Caroline. Mijn portemonnee liep leeg als een fruitautomaat die de jackpot geeft. Als een kostbare diamant nam ik het truitje mee naar huis, in een tasje dat ik eeuwig zou bewaren. Thuis trok ik het vol verwachting aan. Nu zou ik net zo onweerstaanbaar zijn als Caroline. Eindelijk zou mijn leven beginnen. Alle deuren die tot dan toe gesloten bleven voor mij, zouden worden geopend. Mijn hart bonsde ervan.

Ik ging voor de spiegel staan met mijn ogen gesloten. Als ik ze open zou doen zou ik mezelf op mijn mooist zien, mooier dan ik ooit geweest was.

Langzaam keek ik.

Ik zag mezelf.

Ik zag de trui.

En het was gewoon een truitje.

Mijn eigen gewone ik in een gewoon truitje.

Een ontzettend duur gewoon truitje. Dat ik niet meer kon ruilen omdat ik het kaartje eraf geknipt had. En omdat er een paar tranen in geplengd werden. Ik heb het nooit meer aangedaan, en Caroline vervloekt.

Ook de docenten hadden het moeilijk met Caroline. Ze excuseerden zich als ze een onvoldoende had gehaald en boden meteen aan om bijles te geven na schooltijd, wat ze altijd beleefd en met een glimlach afsloeg. Op onnavolgbare wijze haalde ze bij de inhaalrepetitie altijd wel een voldoende.

Zij is ongetwijfeld fotomodel geworden, of op z'n minst actrice, hoewel ik geen hits kreeg toen ik haar naam zocht op internet. Maar dat komt natuurlijk omdat ze haar naam veranderd heeft in een of andere zwoele artiestennaam. Of omdat ze getrouwd is met deze of gene miljardair of wereldberoemde sportman.

Ik kijk uit het raam. We zitten nog altijd hoog boven de wolken.

'Graag, lekker.' De stewardess schenkt me met een professionele glimlach een glas rosé in. Ik proost stiekem met de glimlachende man die een glas bubbeltjeswater van zijn vrouw moet drinken. Australische rosé. Lang leve de globalisering! Een vrouw uit Nederland op weg naar Italië drinkt Australische wijn boven Zwitserland.

Af en toe is er een stukje aarde te zien tussen de wolken door.

In zo'n vliegtuig een paar kilometer boven de aarde wordt alles relatief. Wij hierboven in onze cocon ver boven het aardse geneuzel.

Ik lijk heel klein en nietig als je ons vanaf de aarde zou bekijken, en de wereld lijkt vanaf hier een grote zinloze en lachwekkende mierenhoop. Ik krijg dan de irritante neiging mijn leven te overzien. Nadenken, en zo. Ik heb daar nu helemaal geen zin in, want het eind van het liedje is meestal dat ik alleen maar somber ben en besef dat het leven zo kort duurt en dat ik al zevenentwintig ben en dat nog niet één van mijn dromen uit is gekomen. Daarom zet ik de koptelefoon op en probeer de film te volgen die bezig is.

Diepe zucht. Het is al te laat. Ik zit er middenin. Dan maar even door de zure appel heenbijten. Effe reflecteren. Hoe gaat het met mijn leven? Wat maak ik ervan?

Ik wil nog altijd terug naar Italië, maar behalve dat ik er nu naar op weg ben, waarom doe ik het eigenlijk niet? En hoe komt het dat ik nog altijd niet de succesvolle schrijfster ben die ik altijd dacht te worden? Ik schrijf zelfs helemaal niet.

Ik wilde ook graag jong moeder worden, een stuk of vier kinderen lijkt me erg leuk en natuurlijk de daarbij behorende jonge en sportieve vader. Ergens in een kleine stad aan de kust van Italië, waar ik dan in een oud huis zou wonen met een bed and breakfast. En nadat ik de brood-jes gesmeerd had en de espresso uitgeschonken, zou ik door de tuin lopen, her en der een onkruidje wegplukken en vast wat kruiden in de zon te drogen leggen voor het eten die avond. Achter in de tuin zou dan mijn theehuis staan, uitkijkend over zee of over een prachtig landschap met geurende cipressen en laurierbomen en daar zou ik in alle rust en eenzaamheid werken aan mijn zoveelste roman, die als wijn uit een vat mijn pen uit zou stromen. 's Middags zouden de kinderen uit school komen, vooruit, zes stuks – mijn hart is groot genoeg – en dan zouden we spelletjes doen, in de tuin werken met z'n allen, of een lange wandeling maken. 's Avonds zou ik fantastische maaltijden bereiden met allemaal verse groenten uit eigen tuin en de heerlijkste kruiden en natuurlijk aten we dat buiten op. Daarna gingen alle kindjes in bad en kregen ze frisse pyjamaatjes aan en zou ik hun voorlezen op het grote bed. En terwijl de zon langzaam onze dag oranje kleurde en we genoten van een goed glas wijn, zou ik met mijn man de dagelijkse dingetjes bespreken en de diepere dingen des levens en dan zouden we naar bed gaan, nog altijd verliefd en verzot op elkaar de liefde bedrijven en innig gelukkig in slaap vallen, waarna de volgende dag weer zo'n volmaakte dag zou volgen.

Dat was zo'n beetje het plan.

Maar nog altijd niet de realiteit. Geen man, geen kin-deren, geen seks zelfs. Geen huis in Italië, helemaal geen huis! Werk, ja, wel werk, maar al vijf jaar hetzelfde en het enige wat ik schrijf zijn ellenlange e-mails aan allerlei vriendinnen die wél allemaal aan het bereiken zijn wat ze willen.

Toch voel ik me niet zo lamlendig als ik had gedacht.

Omdat ik ergens, diep vanbinnen, het gevoel heb – of sterker: wéét – dat deze reis naar Rome het begin vormt van mijn nieuwe leven.

Ik pak het boek van Cor erbij. Het duurt lang voor ik de goede bladzij voel, maar dan lees ik:

Wij maken grote reizen om dingen te zien waarop wij thuis geen acht slaan.

*

Tegen vieren landt het vliegtuig op Fiumicino Airport.

Temperatuur in Rome: 28 graden, licht bewolkt, maar overwegend zonnig, aldus de stem uit de luidsprekers. Gemoedstoestand: melancholiek, licht tipsy, een begin van gelukkig.

Ik ben zo ontzettend verstandig geweest om maar één glas rosé te drinken en heb daarna zelfs nog even geslapen; lang leve de ratio die zo nu en dan, ook in dit hoofd, de baas is.

Eenmaal uit het vliegtuig slaat de warmte om me heen. Taxichauffeurs bieden spontaan hun diensten aan, maar ik wil met de trein. Ik weet uit ervaring dat dat een betere manier is om Rome tot me te nemen dan met de taxi, waarin ik meer bezig ben met het ontwijken van antwoorden op vragen of ik mee uitga, waar ik vandaan kom en of ik mijn telefoonnummer wil geven.

De trein naar Termini in het centrum van Rome doet er bijna veertig minuten over. Niet omdat de afstand zo groot is, maar omdat hij de hele route rijdt alsof hij ieder moment zal gaan stoppen. Eindelijk kom ik in de stad waar ik hoor, mijn stad, de ware grond onder mijn voeten.

Plechtig zet ik mijn voet op het perron, het doet me wel wat om na zes jaar weer voet op deze oude bodem te zetten. Mijn voet raakt bijna de grond als ik van achter een fikse duw krijg en een Italiaans: 'Loop 'es door, mevrouw!' hoor.

Omdat ik in de trein mijn hakken aangedaan heb (ik kan natuurlijk niet in Rome aankomen met mijn Hollandse gympies) raak ik mijn evenwicht kwijt en balanceer enkele seconden, voor mijn gevoel wellicht zelfs minuten, op mijn rechterhak, waarna een krakend geluid klinkt en ik languit op het perron terechtkom, terwijl mijn tas door de slingerbeweging een paar meter verderop terechtkomt, uiteraard op een mevrouw die net een grote hap van een ijsco wilde nemen. Ik word onmiddellijk opgeraapt door een stevig stel Italiaanse armen.

'*Come stai?*' vraagt een glimlachende, donkerharige man. 'Alles goed?'

Wat een prachtige hernieuwde kennismaking, denk ik.

Ik ben te verbouwereerd om bijdehand te zijn, zeker in het Italiaans.

'Jij mag me nog wel vaker oprapen,' breng ik uit. Mijn poging om terug te glimlachen vat hij waarschijnlijk nogal hulpbehoevend op, zodat hij me recht op mijn benen zet, even wacht om te zien of ik daadwerkelijk blijf staan en wanneer dat het geval lijkt, steekt hij kort zijn hand op en verdwijnt uit mijn leven.

Dan probeer ik mijn tas terug te krijgen. De vrouw, die met een servetje het ijs uit haar haar staat te vegen, heeft niet direct in de gaten wat ik kom doen.

Pas als ze haar bril weer opzet en mij ziet staan begint ze een tirade in het Italiaans die zelfs ik niet kan volgen. Het was mijn bedoeling om mijn excuses aan te bieden en zelfs een nieuw ijsje te kopen (ik ben in een geweldig humeur door die twee spierballen) maar de vrouw begint zo boos te worden dat er zelfs spuugjes uit haar mond komen. Dan ben ik het zat. Dwars door het gefoeter heen gris ik mijn tas, die ook onder het ijs zit, uit haar handen en die zo ver mogelijk van mij afhoudend loop ik het station uit. Daar sta ik even woedend te poetsen met een paar servetjes die nog in mijn jaszak zaten, van de broodjes van Schiphol. Waarom overkomt mij dit nou weer, waarom kan ik nooit eens ergens verschijnen zonder vlekken? Ik lijk wel op dat ene figuurtje uit Charlie Brown dat alleen maar door ergens te staan smerig wordt.

Zo mopper ik nog even lekker door.

Tot ik opkijk.

De late middagzon schijnt over het Piazza dei Cinquecento, het plein voor het station. De oude muren van de Terme Diocleziane worden warmoranje verlicht.

Ik ben in Rome. De geur, het verkeer, de warme lucht, de mensen. Ik ben er!

Even sluit ik mijn ogen en haal diep adem, diep zuig ik de Italiaanse lucht in mijn longen. Het is alsof ik land na jaren te hebben gezweefd. Hier hoor ik.

Maar er zit iets faliekant verkeerd. Een lichte paniek maakt zich van me meester, want ik ben zo goed als naakt. Ik heb geen schoenen aan. Onder geen beding trek ik in de stad waar ik de liefde van mijn leven tegen het lijf ga lopen mijn ouwe gymschoenen aan. Tenzij ik zo wanhopig word dat ik ook bejaarden en brugslapers accepteer.

Het is nu eenmaal zo: een Italiaanse die schoenen draagt met een ronde neus is als een man met een panty of gelakte teennagels.

Ik pak mijn tas en begin te lopen door mijn stad. De schoen met kapotte hak gooi ik ergens in een prullenbak. Een stukje op kousen merkt niemand op.

Ik duik de eerste de beste schoenenshop in. Daar staan ze, ik zie ze meteen. Twee elegante schoentjes, prachtig design. Knetterduur.

Nu de Italiaanse in me los is pak ik ook die twee hypersexy truitjes, zoals je die in Nederland zelden vindt. Voor die prijs dan.

Ik ben ingelukkig als de pinautomaat de bon begint te printen. Het kon er nog af. Het lot is me gunstig gezind.

In de wc van een cafeetje kleed ik me om. Nu is de metamorfose compleet. Mijn gedachten, mijn celdeling, mijn stofwisseling: het is vanaf nu allemaal in het Italiaans. IK ben Italiaans.

*

We hebben afgesproken in een café aan de Via Genova. Ik kijk op m'n horloge.

Over een dik uur. Heerlijk, nog even een uurtje met mezelf door de stad lopen. Even de geuren opsnuiven, de warmte van de straatstenen voelen, opgenomen worden in de stad. Heerlijk, wat heb ik het gemist om hier te zijn.

Rome, de oude stad, de historie die doordrenkt is in elke molecuul van de stenen, de echo van de wereldgeschiedenis. Ik slenter langs de hoge huizen met afgebladderde muren en kleine ramen met luiken, de honderden dubbel geparkeerde auto's. En wat is het hier onvoorstelbaar druk. De vele scooters, de totale chaos aan voorbijrazend verkeer zonder dat er zichtbaar doden vallen. Er rijdt geen auto zonder deuk. Ik was vergeten hoe razend het ging, of zou het erger zijn geworden sinds de laatste keer dat ik hier was?

Ik loop verder over de smalle of ontbrekende stoepen. Een paar mannen op een scooter roepen naar me: *'Bellissima!'* Hoewel ik weet dat ze dat roepen naar elk vrouwfiguur tussen de tien en de zeventig, voel ik me toch gevleid. En ontwijk nog net een van de vele bloembakken die op de straten geplaatst zijn.

Ook zo typisch is de warme lucht met de geur van knoflook en kruiden uit de eethuizen. Mijn maag schreeuwt meteen om vulling, maar ik spreek hem streng toe. Nog even wachten, joh. Natuurlijk zijn er de terrasjes onder de zonneschermen en de vele katten overal die me vriendelijk of arrogant aankijken. En om de haverklap een historische kerk of monument en overal beelden van goden, mythische en historische figuren.

En waar in Nederland alles grijs en groen en van strak beton is, is in Rome alles zalmkleurig en warmgeel en oranje.

O, wat houd ik van de smalle straten met kasseien tussen hoge muren met afgebladderd stucwerk, met ramen waarachter al eeuwen van alles gebeurt. En van de doorkijkjes naar de piazzo's achter de huizen, waar kinderen spelen. Van de pleinen waar oude Italianen op bankjes zitten en vrouwen flaneren en toeristen samendrommen om allemaal dezelfde foto te kunnen maken. Het is er allemaal nog.

Ik ben in Rome.

*

'Dooooonna!' krijst een vrouw onelegant over straat.

'Alyssa!!!' Ik trek mijn gloednieuwe pumps uit en ren met mijn panty over straat. Het kan me niks schelen.

'Hoooooi!' We vliegen elkaar om de hals. 'Hoe is het, wijffie!' Ze wrijft met een joviaal gebaar mijn complete kapsel aan gort en ze kust me zo plat dat ik zeker weet dat ik overal rode lipstickplekken op mijn gezicht heb.

We kijken elkaar even aan en slaan dan weer juichend onze armen om elkaar heen. En weer.

Wat is het geweldig om haar terug te zien! Ik voel me tien jaar jonger, door de tijd teruggeworpen, alsof er niets veranderd is. Tot mijn tevredenheid constateer ik wel dat ze enkele kilo's is aangekomen.

'Nu ik!' roept de vrouw die al die tijd naast Alyssa heeft gestaan. Sita! Met haar on-Italiaanse blonde haar en haar lichtgetinte huid en groengekleurde ogen die nog altijd ondeugend en op de LOL-stand staan.

We omhelzen elkaar. Ik wrijf Alyssa's lipstick op haar wang. Duw haar naar achteren om haar goed te kunnen bekijken. Ze is niets veranderd. Niets! Hoe is het mogelijk dat acht jaar zomaar verdwijnt. De tijd is van elastiek.

Sita kijkt me stralend aan. Alyssa kijkt me stralend aan. Ik kijk stralend terug.

Daar staan we dan.

Nu de grootste euforie van het feest des weerziens weg-ebt staan we elkaar een beetje aan te kijken. Tja, wat zeg je dan?

'Wat heerlijk om jullie weer te zien,' zeg ik maar.

'Da's inderdaad best geinig,' zegt Sita.

'Nou!' knikt Alyssa instemmend.

Dit is even een heel gek moment. Zoveel jaar samen,

zoveel samen gedaan, zoveel gezamenlijks, mijn halve en leukste deel van m'n leven gedeeld met deze meiden, maar niets vreemder dan mijn twee vriendinnen weer in levenden lijve te zien.

Woorden schieten op dit moment tekort. We kijken elkaar weer aan en vallen dan maar weer in een innige omhelzing. Met z'n drieën.

'Kom op, we gaan een terrasje pakken,' zegt Alyssa.

Dat is het beste wat ik gehoord heb sinds ik hoorde dat het vliegtuig veilig geland was.

'Hier, geef je tas maar,' zegt ze. Ze pakt mijn tas en net als ik me daarover verbaas (Alyssa is de helft kleiner dan ik en de helft lichter, en mijn tas is gigantisch) zie ik dat ze hem doorgeeft aan een man die achter haar staat. Een grote man met een grote bos haar en grote handen en een grote baard. Over wat er nog meer groot is weiger ik na te denken.

'Dit,' zegt Alyssa met een grijns van oor tot oor, 'is Andreas.'

We kijken naar de man en naar een ingelukkige Alyssa.

We schudden elkaar de hand, Andreas lacht vriendelijk naar me en Alyssa zegt in het Italiaans tegen hem: 'Ze spreekt gewoon Italiaans, hoor.'

Daarop begint hij een babbelpraatje over de reis, over dat hij ook eens in Amsterdam is geweest en dat hij zoveel over me gehoord heeft.

Sure.

Twee pasverliefden, totaal in de ban van elkaar, praten over... mij. De bebaarde beer loopt met ons mee terwijl hij mijn tas draagt alsof het een leeg pak melk is.

Hij zal toch niet meegaan naar het terras, hè? Telepathisch schreeuw ik Alyssa toe dat ie weg moet.

Alyssa hoort het.

'En nu moet je weg,' zegt ze als we op het Piazza Navona aankomen.

'Ik ben al weg,' zegt Andreas. Hij knipoogt en pakt al onze tassen aan. Alyssa geeft hem een kus, wij kijken even decent de andere kant op en dan zijn we eindelijk, eindelijk met de meiden onder elkaar. We laten ons meteen vallen aan een tafel met drie stoelen.

En dan stromen we over. Werkelijk, ik heb nog nooit zoveel Italiaans gehoord in zo'n korte tijd.

We zijn zo vreselijk aan het kletsen dat de ober zeker tien minuten nodig heeft om ertussen te komen om te vragen wat we willen. Maar daar hebben we natuurlijk nog niet over nagedacht.

Tien minuten later probeert hij het weer, de schat, maar nog altijd zijn we volledig aan het leeglopen.

'Weet je nog dat jij verliefd was op Nicolai, maar dat hij dat zo ontzettend niet doorhad?' Sita's ogen glimmen bij de herinnering.

'Nicolai!' smakt Alyssa. 'Zelfs toen ik boven op zijn postzegelverzameling ging zitten met mijn allersexyste hemdje aan, vroeg hij of ik even aan de kant wilde gaan. Dan kon hij de volgende bladzijde laten zien. Arme jongen. Hij weet niet wat hij gemist heeft. Toen ik thuiskwam zat zijn duurste postzegel aan mijn kont geplakt. Haha! Heeft ie nooit teruggekregen.'

'En hoe zat dat ook alweer met die slinger van verliefden?' Hoe langer ik erover praat, hoe meer er weer bovenkomt.

Alyssa veert op. 'O ja! Ik was verliefd op Dani. Dani op Donna. Donna op Fabio. En Fabio op Sita, maar dat was niet zo gek, want de halve wereld was verliefd op jou, maar jij was weer op Rico en die was op mij,' zegt ze. In één adem.

Als we uitgelachen zijn vindt de ober het welletjes. Met barse stem duwt hij ons een menukaart in handen. We prikken er wat uit en geven hem aan de ober terug, die mopperend weer terugloopt.

'Nu wil ik weten hoe het jullie vergaan is,' zegt Sita. 'Vertel, wat gebeurde er na die laatste middag op het plein voor de school!'

'Ja, die laatste middag,' droomt Alyssa en ze drinkt van de intussen gebrachte kan water.

'Toen was het zo warm, weten jullie nog? Ik zie de beelden weer voor me, als in een zwoele, trage film. We zaten op de uitslag van het examen te wachten. De school was leeg. We dreven zowat het plein af en het was zo stil. En toen hoorden we dat we alle drie geslaagd waren.'

Drie jonge vrouwen, onder de bomen op het plein op de rand van hun volwassenheid.

'Vertel jij eerst maar eens wat er van je geworden is, Siet,' zeg ik. Niet geheel uit empathische overwegingen, maar zo kan ik hopelijk al snel inschatten of ik mijn verhaal zal moeten aandikken of afzwakken.

'Nou, da's gauw verteld,' zegt Sita met een pruillipje. 'Ik ben gaan werken bij een bank, kwam daar Miquel tegen en we zijn nog altijd samen. Een bankstel, haha.' Ze maakt een gaapgebaar. 'En ik werk nog altijd bij de bank. En we waren nét van plan om met een huifkar en een ezel de wereld rond te trekken of een camping te beginnen op IJsland of een pension te openen in een vervallen huis in Frankrijk, of zoiets, toen twee blauwe streepjes op een wit staafje ons opeens een hele andere kant op stuurden. Oké, dachten we, met één kind kun je nog wel de wereld rond;

dan misschien niet in een huifkar maar in een camper of zo. Maar toen die twee streepjes twéé kloppende hartjes bleken te zijn, nou, toen zagen we opeens meer beren op de weg dan we ooit in Afrika gezien zouden hebben. Zijn er eigenlijk beren in Afrika? Nou ja, *anyway*, nu is het spannendste in mijn leven wanneer ik iets nieuws sta te koken: zouden ze het lusten?'

'Goh,' zeg ik. 'Een tweeling! Wat leuk. Heb je een foto?' Meteen heb ik spijt van die vraag, want de laatste keer dat ik die stelde zat ik anderhalf uur vast aan een trotse, kersverse moeder; mijn buurvrouw. In de supermarkt bleek ze een compleet dubbeldik fotoalbum in haar handtasje verborgen te hebben en bij elke foto vertelde ze over de ontsluiting, de weeën, de persweeën en de vacuümpomp.

Bescheiden als Sita is, pakt ze haar mobiel en laat één foto met twee guitige koppies zien.

'Ach, wat 'n lieffies,' zeg ik en tot mijn eigen verbijstering meen ik het nog ook. In gedachten noteer ik voor Sita: baan: voldoende, uiterlijk: ruim voldoende, liefdesleven: goed.

'Ja, leuk hè?' Sita bergt haar mobiel weer op.

'En je bent dus nog altijd bij Miquel. Al eh… negen jaar dus,' rekent Alyssa snel uit.

Sita knikt en vraagt snel: 'En jij, Alyssa? Wat is jouw verhaal?' Iets in me zegt me dat we niet te veel aandacht aan dit aspect van Sita's leven moeten besteden.

'Waar zal ik beginnen!' roept Alyssa enthousiast. Die heeft niets door en zit zich alleen maar vertwijfeld af te vragen waar ze moet beginnen.

Gelukkig voelt de ober ons intussen aan en zwijgend en ongevraagd zet hij een grote karaf rosé op tafel, evenals een mand panini met mozzarella en olijven. Heerlijk! Ik rijg er meteen een paar aan een stokje. Waarom smaken Italiaanse olijven in Nederland nog de helft niet zo Italiaans als Spaanse olijven in Italië?

Alyssa heeft intussen ademgehaald en begint met haar levensverhaal. Ik ken het natuurlijk al en vul aan en relativeer waar nodig. We worden overspoeld door een verhaal waar minstens twee wereldreizen in verwerkt zitten, werk en opleiding variërend van koorddanseres (weggegaan omdat het koord een paal bleek te zijn), bejaardenverzorgster (ontslagen omdat ze een te sterk effect had op de oude mannen), secretaresse op een kantoor (weggegaan wegens de besmettelijke aandoening *vervelia morte*) en om en nabij zesendertig minnaars (vakantieliefdes niet meegerekend) en twee serieuze relaties, dat wil zeggen langer dan vier weken.

'En nu heb ik Andreas,' zucht ze. 'Hij is het.'

Ik schiet in de lach. 'Dat heb ik al achtendertig keer gehoord,' zeg ik.

Alyssa mept me met een panini.

'Zeg jij nou maar niks! Ik koop me suf aan Typex om je lovers in mijn agenda te kunnen blijven noteren.'

'Dat is een leuke opmerking, maar volkomen bezijden de waarheid,' zeg ik. 'Ik sta al bijna drie jaar droog.'

Ik schenk de meiden weer bij en mijn eerste dag in Rome is tot op dit moment volmaakt. Ik zit met de liefste vriendinnen van mijn leven op het terras onder een zonnescherm met een tafel vol eten en een nieuwe karaf wijn op een plein in Rome waar de lucht donkerblauw begint te worden en de eerste sterren zichtbaar zijn.

Nu ben ik aan de beurt.

'Zoals jullie weten kwam aan mijn leven een einde toen

ik met mijn ouders weer terugverhuisde naar het aange-
harkte parkje dat Nederland heet. Gelukkig kon ik weer
enigszins gereanimeerd worden toen ik in Amsterdam
ging wonen. Amsterdam is geweldig. Ik heb allerlei werk
gehad, maar ik werk nu al vijf jaar bij de tv.'

Die twee letters zijn vaak aanleiding voor totaal niet
reële reacties. Iemand vroeg me op een verjaardagsfeestje
zelfs een keer om een handtekening, maar goed, die was
niet helemaal wijs.

'Voor tv? Wat gaaf! Echt? Nou, dan heb je het wel ver
geschopt!'

De bewondering in Sita's stem irriteert me hogelijk.

Zo hoog als ik met die twee letters stijg in hun achting,
zo diep moet ik daarna door het stof. Ik riedel het rijtje
maar meteen af.

'Ik kom zelf niet op tv. En het zijn politieke programma-
's. We halen lage kijkcijfers en mijn naam komt nooit op de
aftiteling. Ik zie zelden een beroemdheid en ik spreek
alleen hun secretaresses. Gewoon stom en saai werk.'

'Ach,' zegt Sita. 'Er zijn ergere dingen. Ben je getrouwd?'

'Nee, zo erg is het nou ook weer niet,' grijns ik. Ook
alweer zo'n vreselijk irritante vraag trouwens. Je kunt
honderd diploma's hebben gehaald, duizend keer gepro-
moveerd zijn of tienduizend boeken hebben geschreven,
maar wel of niet getrouwd zijn is een bonusdiploma waar
je cum laude voor bent geslaagd als je nog een set kinderen aan je cv kunt toevoegen.

Even dreig ik weg te zakken in een poel van zelfmede-
lijden. Ik ben zo te horen verreweg de saaiste van allemaal. Zal ik teruggaan naar huis en met de staart tussen
de benen afdruipen?

'Jongens, hoe zou het met de rest gegaan zijn?' sleept Sita me er weer met de haren bij. Ja, leuk, roddelen. Hopen dat het met velen nog minder goed afloopt dan met mij.

'Ik ben vooral benieuwd naar Nicolai,' zeg ik.

'Nicolai!' zucht Alyssa. 'Verreweg de mooiste jongen van de klas. Ik heb nog altijd een gejat pasfotootje van hem. En ik heb het meegenomen!' Uit haar portemonnee wurmt ze een stuk papier met daarop een ventje van een jaar of achttien.

'Zul je altijd zien dat juist hij meer dan honderdvijftig kilo is gaan wegen.' Sita tuurt naar het fotootje. 'En zo'n dikke plofkop heeft gekregen.'

'Hebben jullie eigenlijk ooit met hem gezoend?' vraag ik.

'Nee,' zegt Alyssa met een treurig gezicht. 'Het postzegelalbumincident was het intiemste wat ik met hem gedeeld heb. Jullie wel dan?'

'Nee, ik ook niet,' zeg ik.

'Ik ook niet,' zegt Sita.

'Maar wel met Camilo. En Emilio. En Ricardo.'

'O?' zegt Sita. 'Jij ook met Ricardo? Vreselijk was het! Mijn T-shirt droop van het kwijl.'

'Dat van jou of dat van hem?'

De sfeer komt er gelukkig toch weer een beetje in. We bestellen nog een karaf wijn. De ober gaat steeds vriendelijker glimlachen. We krijgen zijn tanden nog wel eens te zien!

'En Giorgio? Hebben jullie die gehad?'

'Giorgio? Die had snotjes in zijn neus! Aan de buitenkant! En hij stonk naar pis.'

'Maar die kon zóenen,' verzucht Sita. 'Intens!'

'Wilde hij z'n kauwgumpje soms terug?'

'Jongens, dat was allemaal puberliefde. We zijn nu volwassen.'

Na deze vaststelling van Sita staren we gedrieën zwijgend een tijdlang in de verte.

Aan het eind van de avond lopen we naar Alyssa's appartement. Ze heeft een piepklein verdiepinkje boven een boekwinkel in een smalle straat waar auto's doorheen denderen. Dag en nacht. Verkeersborden in Italië zijn slechts wegverfraaiing. Zo zal een stopbord niet als gebod om te stoppen worden geïnterpreteerd, maar meer worden gezien als een vriendelijke suggestie om vaart te minderen, eventueel, als je in een goede stemming bent.

'Welkom!' roept Alyssa als we binnen zijn. Het is, Alyssa eigen, een onvoorstelbare bende. Overal kopjes, boeken, papiertjes, dingetjes, half opgebrande kaarsen, sokken, kleren en schoenen. Vooral heel veel schoenen. Maar ook een mannensok. Een leeg bierflesje. Zoveel sporen van 's mans aanwezigheid dat ik betwijfel of het wel zo'n *good old* vriendinnenweekje wordt als ik had gehoopt. De man zit al te veel in haar leven, vrees ik. Maar goed, laten we haar het voordeel van de twijfel geven.

Sita en ik slapen deze week in Alyssa's slaapkamer en zij op de bank. Die al bezet is, zie ik nu. Wat ligt daar toch? Slaapt die Andreas toch hier? Het zal toch niet waar zijn?

Sita en ik kruipen in Alyssa's poppenkastslaapkamer, Sita in het bed en ik op het luchtbed ernaast. Dat kan daar alleen maar liggen als de deur openblijft en ik mijn voeten in de woonkamer steek. Ergens voel ik me toch te volwassen voor dit soort pyjamafeestjes. Als we nu nog met drie meiden onder mekaar waren, maar wat moet die bebaarde kerel erbij?

Voor ik ga slapen hoor ik hen zachtjes fluisteren en ik probeer het geschuif en de geluiden vanaf de slaapbank te negeren.

Vanmorgen werd ik wakker in mijn eigen bed en nu sluit ik mijn ogen in een bed een duizend kilometer verderop. Een gekke gewaarwording. Waar men vroeger weken, zo niet maanden over deed om met paard en wagen te bereiken, kan het nu in enkele uren.

6

De dag erna zitten we met z'n drieën op het balkonnetje ter grootte van een badkamerkleedje. Alyssa heeft verse broodjes gebakken en we drinken straffe bakken koffie terwijl we rustig wakker worden. Andreas is vanochtend vroeg al aan het werk gegaan.

Onder ons is het Roomse leven al uren volop aan de gang. Mannen in pakken knetteren op scooters voorbij, ondertussen schreeuwende gesprekken voerend in hun mobiele telefoons. Vrouwen lopen, nee, flaneren door de straten met hun mooiste kleren, zelfs op dit vroege uur van de dag. Ze bezitten waarschijnlijk helemaal geen slobbertruien, spijkerbroeken of schoenen met een hak lager dan vijftien centimeter.

Ik geniet me suf. Onwillekeurig denk ik even, heel even aan Sandra. Arme Sandra. In Nederland is de verkiezingsstrijd in alle hevigheid losgebarsten, zag ik net toen ik even stiekem spiekte op de laptop van Alyssa. Het weer: regenachtig en bewolkt, vijftien graden. En ik zit hier heerlijk, midden in Rome, waar de zon schijnt en mijn hemdje bijna te warm is.

Even overweeg ik Sandra een vriendelijke sms te sturen. Zal ik het doen? Ik pak mijn mobiel. Drie gemiste oproepen en drie berichten.

De gemiste oproepen zijn van Sasja, die mijn voicemail volklaagt over Mark, haar afschuwelijke ex, en drie keer inspreken nodig heeft om haar volledige ei kwijt te kunnen. Glimlachend luister ik het aan, terwijl ik ondertussen met één hand kruidenboter op mijn panini probeer te smeren.

Daarna lees ik de berichtjes.

12:34 Berenbal zonder jou is als Van Zuilen met los haar.
Als friet zonder mayo. Sandra zonder foto's.
21:15 Lorenzo is eenzaam. Hij ziet het leven niet zitten
zonder jou aan zijn zij. Kusje van hem.
23:21 Buona notte, Rooms meisje!

'Wat zit je te grijnzen,' zegt Sita. Stiekem leest ze mee.
'Wie is Lorenzo? Je minnaar?'

'Nee,' lach ik, 'dat is mijn kat, en mijn collega en vriend
Bart zorgt deze week voor 'm.'

'Bart? *Good old* Bart?' vraagt Alyssa. Zij kent hem
natuurlijk wel van onze msn-gesprekken. 'Hoe is het
eigenlijk met hem?'

Ik vertel van zijn redding op de motor een paar weken
geleden.

'Wauw!' roept Alyssa. 'Wat een held!'

Ik kijk naar Sita terwijl ze stokbrood smeert en opeet.
En nog een. En nog een. Traag kauwt ze weer een broodje weg terwijl ze de straat in kijkt.

Opeens dringt het tot me door: Die is helemaal niet zo
gelukkig als ze doet voorkomen.

Dit vind ik altijd lastige momenten. Wat te doen?
Erover beginnen? Ernaar vragen? Huilbui riskeren?
Neutrale opening, bal voor het doel leggen, aan haar het
initiatief om hem d'r in te schieten.

'Jongens, wat is het lekker hier,' zeg ik. 'Was ik altijd
maar zo gelukkig als hier en nu. Toch?'

Sita glimlacht, maar reageert niet. Ze vermant zich, ik
zie het gebeuren. Tja, dan kan ik er ook niks aan doen.
Toch houdt het me bezig. Werk? Kinderen? Man? Zelf?
Waar zou wat mis gaan?

'Heerlijk!' zegt Sita. Ze gaat naar het keukentje van
Alyssa om meer koffie te halen.

Alyssa eet maar een paar stukjes brood. Argh! Irritant, mensen met meer discipline dan ik.

Door de stress en mijn ijzersterke wil ben ik twee kilo meer kwijtgeraakt dan ik van plan was. Ik kan dus wel weer wat hebben. Het moet wel een beetje leuk blijven, nietwaar?

'Wil je nog koffie?' Sita staat met de koffiekan klaar.

'Nee, dank je,' zegt Alyssa. 'Water graag.'

Ik zie dat ze de koud geworden koffie stiekem in de bloeiende jasmijn gooit die over de reling van haar balkon hangt.

'Meiden! Wat zullen we vandaag eens gaan doen?' rekt Alyssa zich uit. 'Pas overmorgen is de reünie, dus nog tijd zat om enkele verkennende voorrondes te doen.'

'Ik wil shoppen,' zegt Sita. 'Keihard shoppen.'

'Mee eens,' zegt Alyssa.

We hebben weer een doel in ons leven. Binnen tien minuten staan we buiten op de stoep.

We nemen de tram naar Via Borgognona, een van de chicste winkelstraten van Rome, waar we ontzettend met onze creditkaart lopen te zwaaien.

Daar blijft het overigens ook bij, bij dat zwaaien bedoel ik, want de nullen vliegen me om de oren. Gelukkig weet Alyssa ook winkels waar ze prijskaartjes gebruiken die niet verlengd zijn.

Met niet meer dan een paar teenslippers en een plastic tas vol monsters van geurtjes ploffen we aan het eind van de middag op een terras. Terras wordt wijn, wordt eten, wordt nog meer wijn, wordt avond, wordt donker, wordt gezellig.

De tweelingbroer van Tom Cruise in zijn cocktailtijd

met een schort voor zet het eten voor ons op tafel.

'Italiaanse mannen zijn écht anders,' declameer ik terwijl ik hem nakijk. 'Verfijnder. Mooier.'

'Ze wonen allemaal nog bij hun moeder,' zegt Sita verveeld.

'Ze zijn romantisch,' zeg ik.

'Zolang je nog niet met ze het bed ingedoken bent,' zucht Alyssa.

'En zoals ze eruitzien!' zeg ik. 'Geen joggingtruien of hangend haar of spijkerbroeken die te wijd of te nauw zitten, fleecetruien of truien met opdrukken, wat zeg ik, helemaal geen truien. Gewoon een mooi jasje, een pak of overhemd. Ook in het weekend, juist in het weekend! Geen witte sokken!'

'Pfff,' zegt Sita, 'al ga je een simpel broodje eten ergens, ze staan langer voor de spiegel dan ik ooit gedaan heb.'

Er komt weer een kudde mannen het plein op lopen.

'Kijk dan!' wijs ik. 'Alleen al hoe ze lopen! Zo... nou ja, zo Italiááns. Zo verfijnd. Niet dat Hollandse klompen-in-de-moddergevoel. Wat heb ik dit gemist. In Nederland. praten de mannen, omdat ze in een vrouwenblad hebben gelezen dat vrouwen gelijk zijn aan mannen, tegen je alsof je een mán bent.'

'Ongehoord,' zegt Alyssa.

'Hoe halen ze het in hun hersens,' schudt Sita haar hoofd.

'Of vunzige praat houden of net doen alsof ze helemaal niet in de gaten hebben dat je een vrouw bent en al helemaal niet dat je een móóie vrouw bent. Ze laten deuren in je gezicht vallen omdat vrouwen 'voor zichzelf kunnen zorgen' en knippen de rekening in tweeën. Of ze vragen je mee naar een sportwedstrijd en komen je met de fiets halen en ze eten patat met hun handen.'

'Schandalig,' zegt Sita. 'Ik richt een stichting voor je op.'

Ik neem nog een roseetje. De waarheid die ik in me voel, wil eruit. Ik zou het allemaal op moeten schrijven. Onthouden!

'Diep in mij huist nog altijd een prinsessenmeisje, diep in mij wil ik nog altijd dat een man zijn jas op de grond legt als ik door de modder moet lopen, dat hij de leiding neemt als we dansen – dat hij kán dansen – en dat hij voor mij betaalt als we ergens eten. Dat hij ringen en zilver en goud voor me koopt en dat hoog in een luchtballon bij ondergaande zon op z'n knieën aan me overhandigt en dat hij daarna…'

'En dat alles,' onderbreekt Alyssa me, 'doet hij niet langer voor jou, als je eenmaal officieel z'n liefje bent. Heus.'

Ik laat me niet zomaar ontmoedigen.

'Bovendien, Italiaanse mannen zien er onder hun kleren ook gewoon goed uit. Geen buikjes, geen stakerige armen en benen, geen knuffelberenlook. Gewoon, man.'

'Meer dan genoeg man,' zegt Sita. 'Je zou er gek van worden. Geef mij maar gewoon een gewone man, een gezellige knuffelbeer waar je gewoon samen mee de afwas kan doen of die op z'n vijfendertigste niet zijn moeder belt als z'n teennagels geknipt moeten worden.'

'Neem nou die ene man die daar nonchalant aan de bar iets staat te bestellen,' zeg ik. 'En met stralende ogen naar ons kijkt, alsof we de mooiste vrouwen op dit plein zijn. Wat we ook zijn.'

Hij komt dichterbij. Allemensen, wat is hij mooi. Hij begint zo erg te lachen nu hij dichterbij komt dat het lijkt alsof iemand een bouwlamp aangezet heeft. Hij komt naar ons tafeltje. Er is geen ontkennen aan.

Zijn verschijning torent boven ons uit.

'Komen jullie ook voor de reünie?' vraagt hij.

We kijken op. En blijven kijken. En vallen gedrieën in katzwijm.

Hier, op dit moment, naast onze tafel, staat Nicolai. De mooiste jongen uit de klas, de dromer, de stille pracht. Niets is hij kwijtgeraakt door de jaren, hij is alleen nog maar heel veel mooier geworden. Hoe is het mogelijk. Een wonder der natuur. Losjes om zijn gespierde en slanke lijf draagt hij een jasje van wit linnen, waaronder een gebruinde matte huid te zien is; een strakke spijkerbroek die weinig aan de verbeelding overlaat en blote voeten in leren slippers. En daarboven een volmaakte lach en ogen als oceanen. Alsof het niks is.

Hij glimlacht. 'Geweldig om jullie weer te zien. Wat zijn jullie prachtig mooi geworden.'

Hij pakt mijn hand en kust die. 'Donna.' (Mij! Als! Eerstc!) 'Alyssa,' zegt hij en kust haar hand terwijl hij die van mij vasthoudt. Sita krijgt (uiteraard) de eer en wordt door hem gekust op haar wang. Dit kon nog wel eens een zware avond worden.

Het is gek hoe drie vrouwen die een minuut geleden nog samen meer dan de hele wereld aankonden, nu opeens uiteenvallen in drie vrouwelijke individuen met gierende hormonen en hoorbaar rammelende eierstokken en zich verdringen om de aandacht van deze relaxte manspersoon.

Dat zouden vrouwen niet moeten doen. Wij zouden solidair moeten zijn, elkaar terzijde staan, juist als de strijd oplaait.

Maar de uitstraling van deze betoverend mooie man

verandert ons direct in drie grommende monsters. Ik let scherp op of hij net zo indringend naar mij kijkt als naar de andere twee. Het zal wel iets uit de oertijd zijn. Voortplanting, de beste zaadjes etcetera.

'Mag ik er even bij komen zitten?' Nicolai kijkt ons vragend aan.

Wij maken ongecoördineerde wiebelbewegingen met ons hoofd, wat hij juist interpreteert als toestemming. Alle drie schuiven we achteruit om ruimte te maken. Kom naast me zitten, en als je wilt trouwen, dan zeg ik meteen 'ja'.

Hij pakt een stoel van een naburige tafel en hij zet die naast mij. En naast Alyssa, maar dat heb je natuurlijk in een kring. Dat je dan naast twee vrouwen zit.

Mijn dag kan niet meer stuk en ik kan een licht triomfantelijke blik naar Sita, naast wie hij dus niet zit, niet voor me houden. Zij is toch al getrouwd, nietwaar?

Kijk nu toch! Hij bestelt nog een karaf wijn voor ons allemaal. En dan kijkt hij naar ons en babbelt wat over hoe leuk het is, niks veranderd, alleen maar mooier geworden, echte vrouwen. Dat soort praat. Maar het heeft effect op ons. Wat voor effect.

Een antropoloog zou z'n vingers aflikken bij wat er nu gebeurt. We reageren allemaal alsof we weer achttien zijn. Oude patronen worden meteen weer gevolgd en de tussenliggende jaren worden eruit geknipt alsof ze nooit bestaan hebben.

Sita zit erbij alsof ze het allemaal niet zo in de gaten heeft, de *natural beauty*, maar ik zie dat ze meer rechtop zit dan anders. Alyssa wappert om de tien seconden haar prachtige haar naar achter en inspecteert haar nagels en lacht haar witte tanden al bloot bij elk woord dat Nicolai naar buiten brengt. Ze zit ook al zo rechtop en haar borsten lijken groter dan ooit. Zou ze soms zonder dat ik het weet iets met siliconen hebben gedaan?

Ik, de enige officiële vrijgezel, blijf gelukkig het meest mezelf. Ik profileer me alleen wat duidelijker, gezien de tijdsdruk. Ik heb tot aankomende zaterdag de tijd om mijn beste zelf te laten zien, dus ik wil geen tijd verliezen. Ik laat mijn tas wat openvallen zodat hij mijn Dikke Boek ziet zitten en ik probeer juist niet te lachen bij wat hij vertelt, maar intellectueel te knikken en slimme vragen te stellen.

'Hoe is het jullie vergaan?' vraagt hij. Ik wil natuurlijk niet als eerste antwoorden; niet te pinnig, maar diepzinnig wil ik zijn. Daarom wacht ik even rustig tot de anderen hun verhaal hebben gedaan.

'Heel goed,' zegt Alyssa, net iets sneller dan Sita, die met open mond blijft hangen. Alys negeert haar en praat door: 'Ik heb de halve wereld over gereisd. Heel veel interessante mensen ontmoet.'

'Van zeer, zeer dichtbij,' lacht Sita als een hinnikend paard.

Alyssa werpt dodelijke blikken naar de overkant van de tafel.

'En werk?' vraagt Nicolai. 'Jij kon altijd zo goed, eh, nou, alles eigenlijk.'

'Ik heb inderdaad een heel brede carrièreontwikkeling.' Alyssa werpt haar haarbos weer naar achter. 'Nee, járen op een plek blijven hangen, da's niets voor mij.'

'In alle opzichten is blijven hangen niets voor jou, toch?' zeg ik. Nu is die dodelijke blik voor mij. Ik ontwijk hem op een millimeter.

'Daarom is het zo leuk dat je nu een vriend hebt, een

blijvertje. Denk je. Toch?' voeg ik er poeslief aan toe.

Alyssa zwijgt. Doet haar haar weer naar achter en neemt een slok van haar wijn. Lacht weer even naar Nicolai en doet haar haar weer naar achter. 'Zoiets,' zegt ze.

Sita's mond hing nog open van de paardenlach en ze begint meteen te praten wanneer Nicolai zijn diepblauwe ogen in de hare boort en vraagt: 'En jij?'

'Ik werk bij een bank, al jaren, en heb me opgewerkt. Hoger en hoger, en nu…'

'… en nu zit je op de twaalfde verdieping,' brult Alyssa van de lach.

Nicolai schiet ook in de lach, maar volgens mij meer omdat Alyssa's lach zo aanstekelijk werkt dan dat het nou zo'n geweldige grap is. Ik lach daarom ook niet, want mijn humorniveau ligt duidelijk hoger en dat mag hij best weten.

'Sita heeft ook twee schátten van kinderen,' zegt Alyssa. Ik weet gewoon dat ze dat zegt om Sita's beschikbaarheid welhaast tot nul te reduceren en even zozeer om te laten horen dat ze zelf erg van kinderen houdt. Italiaanse mannen ook, namelijk.

Bijna mokkend laat Sita het footootje aan Nicolai zien. Hij bestudeert het aandachtig.

'Wat een ontzettend leuke kinderen,' zegt hij. 'Wat een schatjes.'

Alyssa en ik wisselen een fractie van een seconde een betekenisvolle blik uit. Sita uitgeschakeld. Nu is het alleen nog tussen ons. En ik ben aan de beurt. Ik spreek zo correct Italiaans als mogelijk.

'Ik woon tegenwoordig in Amsterdam,' zeg ik. Ik weet dat het woord Amsterdam in het buitenland een magische uitwerking heeft. De stad van de poppenhuisjes langs de grachten, de wiet en de drank op straat, de draaiorgels en waar de politie je beste vriend is. Maar bovenal de stad van de vrijheid, de liefde.

'O, Amsterdam?' Nicolais ogen glimmen. Raak! Ik heb zijn aandacht, meer dan de anderen.

'Hmmm,' bevestig ik rustig. 'Amsterdam. Ik woon naar alle tevredenheid alleen met mijn kat.' Ik laat hem maar meteen weten dat ik A. beschikbaar ben en B. niet zozeer zit te wachten op een relatie, dat maakt me alleen maar interessanter.

'Heb je geen vriend? Zo'n leuke krullenbol als jij?'

Ik schud mijn hoofd genoegzaam. 'Ik heb genoeg aan mezelf,' voeg ik eraan toe. 'Geluk zit in jezelf. Ernaar zoeken heeft geen zin. En het zit zeker niet in een ander. En ach, als het op mijn pad komt, dan komt het vanzelf.'

Zo, dat was het halve boek van Cor achter elkaar. Nicolai heeft een bewonderende, geamuseerde blik in zijn ogen die ik zo subtiel mogelijk beantwoord.

Hengel uitgegooid, vis in de buurt, hapt naar aas, dat kan niet anders dan raak zijn. Kwestie van tijd.

'En werk?' vraagt hij. 'Jij was altijd heel goed in wiskunde, herinner ik me.' Dat hij dat nog weet.

'Ik werk bij de televisie,' zeg ik en ik kan erop wachten dat mijn vriendinnen nu precies gaan vertellen wát ik daar dan doe.

'Mailtjes beantwoorden,' zegt Alyssa. 'Afspraken nabellen. Koffiezetten.'

Ik glimlach dankbaar om deze inkopper en vervolg: 'Inderdaad. Een rustige en eenvoudige baan om toe te komen aan wat ik werkelijk doe: schrijven.'

'Schrijven?' roept Alyssa. 'Dat wist ik helemaal niet?'

'Schrijf jij?' zegt Sita.

'Dat hoeft ook niet iedereen te weten.' Ik sla mijn benen zo langzaam en elegant mogelijk over elkaar en neem een slok van de rosé. Nu ik van iedereen de aandacht heb, maak ik van de gelegenheid gebruik om me op m'n mooist te laten zien.

'Ik houd zoiets liever voor me, maar sommige mensen vertel ik het graag. Met bepaalde mensen heb ik nu eenmaal het gevoel dat er een soort zielsverwantschap is, vanaf het eerste moment dat je elkaar ziet. Dat je elkaar zonder woorden begrijpt.' Bij deze woorden zorg ik ervoor dat ik Nicolai nét iets langer dan normaal aankijk.

Nicolai steekt bewonderend zijn lippen naar voren. 'Sjonge jonge, wat leuk! Wanneer komt er iets van je uit?'

'Nou,' zeg ik. 'Dat kan nog wel even duren. Goeie wijn moet ook lang rijpen, zeg ik altijd maar.' Wauw, ik ben wel op dreef, zeg!

Alyssa vindt kennelijk dat de aandacht nu wel weer lang genoeg naar mij uit is gegaan en legt even haar hand op Nicolais been. 'En jij dan! Hoe ziet jouw leven eruit?'

Nicolai gaat verzitten. 'Ik werk bij een grote kledingzaak. Heel leuk werk. En ik woon in Rome, nog altijd.'

'Wat léuk,' zegt Alyssa. 'Enig. Vertel, wat voor kleding?'

'Nou, gewoon,' zegt Nicolai. 'Broeken, truien. Overhemden.'

'En verder?' vraagt Alyssa. Ze doelt op de vraag die we geen van drieën durven stellen, bang voor het antwoord: verkering? getrouwd? gezin?

'Verder,' begint Nicolai. 'O, wacht! Daar issie net!' Hij wuift naar iemand anders op het plein: 'Kom erbij!' Er komt een man aangelopen die de schoonheid van Nicolai op z'n minst evenaart. Donker, lang haar, in een losse staart bijeengebonden, een soepele tred, ogen die al vanaf honderd meter licht geven. Ik weet niet of mijn hormonen dit trekken, twee goden binnen één blikveld.

Nicolai gaat staan en zegt: 'Ik wil jullie graag voorstellen aan Mario.'

Mario komt naast Nicolai staan en lacht zijn hagelwitte tanden bloot.

'Mario,' zegt Nicolai, 'deze práchtige vrouwen zaten bij me in de klas.' Sprakeloos geven we Mario een hand. Mario draagt twee kohlpotloodstreepjes onder zijn ogen en zijn dure witte shirt zit strak om zijn bovenlijf. Nicolai en Mario kussen elkaar op hun wederzijdse onaards stevige en zachte lippen.

Meteen sluiten de gelederen zich weer. Sita, Alyssa en ik vormen weer één front en we dragen gezamenlijk ons onontkoombaar lot: Nicolai, voor altijd voor ons verloren.

Daarna wordt het verschrikkelijk gezellig.

Mario blijkt een geweldig grappige kerel te zijn en nu samen wakker worden in één bed, een huwelijk en/of voortplanting onmogelijk is geworden, worden we alle drie ons geweldige zelf.

Het valt me opeens op dat Alyssa niet drinkt. Haar glas is nog net zo vol als net. Wat zou dat nou weer voor ongein zijn?

'Ik heb gisteren te veel gehad,' zegt ze snel. 'Maar vertel verder, Mario, jij was dus voor die mevrouw haar trouwjurk aan het passen zodat zij kon zien hoe die bij een ander stond.'

'Jaaa,' grijnst Mario.

'En toen ik daar stond, met jarretels en al en hoge hakken en mijn haar tot aan het plafond opgeföhnd, toen kwam Nicolai binnen.'

'En ik was meteen verkocht.' Nicolai grijnst bij de herinnering.

*

De volgende ochtend zitten we brak en gebroken op het balkonnetje van Alyssa. Eén ding is me de afgelopen dagen wel duidelijk geworden: het dagelijks leven van Rome is niet geschikt om een kater te verwerken. Te veel lawaai, te veel licht, te veel gedoe. Gelukkig heeft Alyssa een enorme hoeveelheid paracetamol in haar badkamerkastje. Dozen vol.

Voor het eerst deze week zijn we vrij stil. Zwijgend drinken we liters water en koffie en eten lichtverteerbare crackertjes. Sita ziet er nog wel fris uit, maar Alyssa is wit en heeft donkere kringen onder haar ogen. Met hoe ik er zelf uitzie wil ik nog even niet geconfronteerd worden. Dat komt straks wel.

Vanavond maar eens geen wijn of in elk geval niet zoveel en vroeg naar bed, want morgen is De Dag.

De zon verwarmt mijn aangedane hoofd. Heerlijk, heerlijk. Ondanks de enorme deceptie hebben we gisteravond een ontzettend leuke avond gehad met als hoogtepunt toen ik iedereen leerde hoe een polonaise moet en we dat uitgebreid demonstreerden op het plein en sommige terrasgangers vrolijk meededen, terwijl andere op hun voorhoofd tikten. We hielden pas op toen twee politieagenten streng kwamen staan kijken.

Toen we daarna thuiskwamen zat Andreas op de bank. Hij was nog wakker en zat op ons te wachten en ik hoorde een bozig, fluisterend gesprek toen ik eenmaal in bed lag. Na een tijdje hoorde ik een deur. Ging hij weg? Of leek dat maar zo? Zou ik Alyssa moeten troosten? Maar de slaap overmande me en vanochtend werden we pas wakker toen het al bijna middag was.

Ik kijk de straat in. Ik zie een Italiaanse moeder voor een raam staan strijken en telefoneren tegelijk.

Ondertussen stuur ik Bart nog een sms terug als reactie op de zijne: *Morning Don. Moet ik je al in het Italiaans ten huwelijk vragen of kan het nog in het Nederlands?*

Sì faccio, stuur ik terug. 'Ja, ik wil.'

'Nou, Donna, hoe zit het nou met dat schrijven van jou?' vraagt Alyssa. 'Wist ik niks van?'

'Da's ook niet iets waar ik mee te koop loop,' zeg ik en ik probeer intellectueel te kijken, alsof dat helpt. ''s Avonds, als ik alleen ben na een drukke dag op het werk, dan kruip ik achter de laptop en dan schrijf ik een eind weg. Het is mijn uitlaatklep.'

'Ben je met een roman bezig?'

'Ja, bezig, zeker,' zeg ik en ik vind het eigenlijk best knap dat ik nog geen woord gelogen heb. Omdat ik niet wil liegen tegen mijn vriendinnen maar ook omdat ik niet af wil gaan, kies ik mijn woorden omzichtig en weloverwogen. Een beetje zoals een schrijver. Wat ik dus kennelijk wel echt in me heb.

'Wauw,' zegt Sita.

'Wat moet dat geweldig zijn, je eigen gedachten omzetten in woorden. Je eigen verhaal verzinnen. Zeg, is het autobiografisch? Komen wij er ook in voor?' Alyssa gaat rechtop zitten.

'Daar laat ik me nog niet over uit,' zeg ik. Ik sla mijn benen over elkaar en kijk wat filosofisch de straat in.

'Weet je, een boek is een beetje zoals een kindje in je buik. Het moet vanbinnen bloeien en groeien en pas als de tijd rijp is, kan het zelf de wereld in. Tot die tijd moet je er niets over zeggen, lekker met rust laten, net als bij een soufflé in de oven; als je je nieuwsgierigheid niet bedwingt, zakt ie helemaal in.'

'Mooi gezegd,' knikt Sita nadenkend. 'Ik hoor wel dat je een echte schrijver bent.'

Ik raak op dreef. 'Daarom heb ik ook geen man. Die past helemaal niet in mijn leven. Geen tijd voor.'

'Begrijp ik,' zegt Sita.

'Zeg, schrijf je in het Nederlands of in het Italiaans?' vraagt Alyssa.

Ik verslik me in mijn koffie. 'Ehm, in het Nederlands,' zeg ik snel. Om nog meer vragen te ontwijken zet ik mijn kopje met een ferme klap op tafel en zeg: 'Jongens, ik wil vandaag ook nog iets nuttigs doen!'

'Alweer shoppen?' kreunt Alyssa.

'Laten we naar een museum gaan,' roept Sita blij. Ai, dat is nou weer net niet de bedoeling. Ik dacht meer aan een lange wandeling door de stad, richting Piazza Navona.

'Ik wil graag naar het museum van de klassieke kunst,' zegt Sita. Ze haalt een boekje uit haar tas met toeristische info. Ze laat een plaatje zien van een paar gebeeldhouwde marmeren mannen.

'Kijk,' zegt ze. 'Zo mooi!' De opgewektheid in haar stem – waar ze die overigens vandaan haalt is me een raadsel – maakt de ergste verwachtingen in me los. Nee, geen museum, voorlopig even geen onverkrijgbare gebeeldhouwde mannen, geschilderde jonge goden of leuke artistiekerige kunstenaars die modeltekeningen maken.

Zichtbaar teleurgesteld incasseert ze onze geen-zin gezichten.

'Dan ga ik alleen,' zegt ze ferm. Ze pakt haar tasje in en vult haar flesje met water.

Huppelend verdwijnt ze de straat uit, zwaaiend naar ons en grappige gebaren makend, maar net voor ze de hoek omgaat zie ik dat haar schouders de onzichtbaar zware last weer op zich nemen die ze vanaf het eerste moment al bij zich droeg.

Alyssa en ik leggen onze benen op de rand van het balkon.

We zwijgen een hele tijd. Heerlijk, zwijgen zonder dat je het gevoel hebt dat je eigenlijk wat zou moeten zeggen. De temperatuur loopt langzaam op, het wordt zomer in Rome.

'Zeg, je wilde toch niet echt wat nuttigs doen, hè?' vraagt Alyssa.

'Vind je dit niet nuttig dan?' geeuw ik.

Alyssa grijnst. 'Zo ken ik je weer.'

'Is Andreas vannacht weggegaan?' vraag ik. Alyssa knikt. 'Hij was boos. We kwamen te laat thuis, hij wist niet waar ik was, ik had hem niet gebeld en had mijn mobiel uitstaan. Het gezeik begint weer.'

'Wat is dat dan toch met jou en hem?' vraag ik. 'Het knettert niet echt tussen jullie.'

Alyssa haalt haar schouders op. 'Ik weet het niet,' zegt ze. 'Het is moeilijk. Andreas is een schat. Maar, nou ja, je weet wel. Het is gewoon lastig.'

We zwijgen weer. Volgens mij klopt er iets niet. Een paar weken geleden was ze nog 'zo verliefd' en was Andreas 'de beste *lover* ooit' en 'woonden ze al zowat samen'. Dat die eerste verliefdheid overgaat is bekend, maar toch niet zó snel?

'Wil je nog koffie?' vraag ik. Alyssa trekt wit weg en maakt een afwerend gebaar.

'Wat is er toch?' vraag ik. 'Gaat het wel goed met je?'

Er springen spontaan tranen in haar ogen.

'Ik weet het niet,' zegt ze.

Ze zwijgt.

'Wat is er dan? Wil je weer van hem af?'

'Ik heb een ernstig vermoeden,' zegt ze.

Het duurt een kwart seconde voor ik doorheb wat ze bedoelt. Ik ga meteen naast haar zitten en sla mijn arm om haar heen.

'Nee toch? Hoe lang…? Wanneer had je…'

'Twee weken geleden,' zegt ze. 'Nog altijd niets.' Ze begint te huilen. 'Als het waar is… dan…'

'Heb je zo'n ding in huis?' vraag ik.

Alyssa schudt haar hoofd. 'Durf ik niet te kopen,' zegt ze. 'Ik kan de waarheid niet onder ogen zien. Ik heb een paar keer op het punt gestaan, maar dan stond er weer een bekende achter me. Ging ik weer met een zak drop of een doos paracetamol naar buiten.'

'Zal ik er eentje halen?'

'Nee,' zegt Alyssa. 'Ik wil het niet weten.'

Er loopt een vrouw onder het balkon door met een kinderwagen waar drie baby'tjes in liggen. Drie. Twee ervan huilen. De vrouw ziet eruit alsof ze in een Thaise gevangenis gezeten heeft. Alyssa begint ook te huilen.

'Ik weet helemaal niet of ik er al aan toehoehoe ben! Ik denk nergens anders aan! Wat moet ik nou?'

'Er zit maar één ding op,' zeg ik ferm.

Zelfs het voor een ander kopen van zo'n geval in een

vreemde stad bij een vreemde drogist zorgt voor een ver-
hoogde hartslag bij mij.

De vrouw achter de balie zet een liefdevolle glimlach
op als ze me het doosje overhandigt. 'In een zakje doen?'
vraagt ze. Ik knik en reken af. Ik stop het zakje in mijn
eigen tas en verlaat de winkel. Niemand heeft gezien
wat ik kocht. Toch? Waarom kijken álle mensen die
achter me in de rij staan dan zo liefdevol glimlachend
naar me? Ze kijken zelfs naar mijn buik. Voor de grap
steek ik in het zicht van de etalage een sigaret op, eentje
voor noodgevallen die ik nog altijd in mijn tas draag sinds
ik vier jaar geleden gestopt ben, en inhaleer diep. Ik krijg
in mijn eentje de slappe lach van al die beteuterde gezichten.

Alyssa komt uit de wc. Ik zie het al aan haar gezicht, ik
hoef de streepjes niet eens te zien.

'Het is waar,' zegt ze gelaten. 'Ik ben zwanger. Voor
eeuwig verbonden aan die tandarts als de vader van mijn
kind.'

'Wil je niet met hem verder?' vraag ik.

Alyssa veegt een traan weg. 'Ik weet het niet. Hij maakt
best een goeie kans, maar nu heb ik het gevoel dat ik geen
keus meer heb.'

'Het komt allemaal goed,' zeg ik en ik woel met mijn
hand door haar haar. Geen idee waar dat op berust, waarschijnlijk nergens op, maar alle keren dat ik me zo ongeveer net zo voelde als Alyssa nu, vond ik dat het fijnste om
te horen. Het komt goed. Het komt allemaal goed. Echt.
Heus. Zul je zien.

Ik zeg het wel twintig keer.

Sita komt 's middags terug van haar culturele tripje. Het is inmiddels behoorlijk warm geworden.

'Wat is er met jullie aan de hand?' vraagt ze meteen als ze binnenkomt. Alyssa ligt op de bank met een kopje thee en een beschuitje, ik zit op het balkon en probeer een bladzijde van het Dikke Boek te lezen. Er staat treurige muziek op.

Alyssa had me gevraagd voorlopig nog niets tegen Sita te zeggen, maar ze zegt meteen: 'Ben zwanger.'

'Zwanger?' Sita peilt Alyssa's gezichtsuitdrukking en zegt dan voorzichtig: 'Gefeliciteerd, geloof ik. Maar waarom zo treurig? Wat is er?'

'Ik weet het net,' zegt ze. 'En hij weet het nog niet. En het komt als een totale verrassing.'

'Ach, meid toch!'

'Ik duhurf het hem niet te vertellen want dan wil hij mij misschien niet meer!' begint Alyssa te huilen. 'Ons! Dan wil hij óns niet meer.' Sita en ik gaan aan beide kanten naast Alyssa zitten en slaan onze armen om haar heen. En zo zitten we een hele tijd te zitten.

Door het open raam komt de stad naar binnen: geluiden van het verkeer en kruidige knoflookgeuren en boos gepraat in mobieltjes en knetterende scooters waarvan sommige met muziek.

'Ik heb nog wat meegenomen,' zegt Sita na een hele tijd. Uit haar rugzakje haalt ze een fles wijn. 'Maar daar heb je nu natuurlijk geen klap aan.'

'Geeft niet,' zegt Alyssa, 'ik neem wel mijn achtentwintigste kop thee. Helpt tegen misselijkheid, zeggen ze. Noem ik het kind straks gewoon Earl.'

'Earl?'

'Earl Grey.'

Na vieren valt het balkon in de schaduw waardoor het heerlijk zitten is. Niet in het minst omdat de wijn erg goed smaakt.

'Hoe gaat het nu eigenlijk écht met jou?' vraag ik Sita. 'Je ziet er niet uit alsof je heel erg gelukkig bent. Als ik eerlijk ben. Wat ik ben.'

Sita slaakt een diepe zucht, een aangenaam briesje in deze warmte.

'Miquel en ik,' zegt Sita, 'het gaat al een tijd niet goed. Hij werkt zich te pletter. Meer dan ooit. De kinderen zien hem nauwelijks en ik heb het gevoel dat ik overal alleen voor sta.'

'Zorgt hij deze week niet voor ze dan?' vraagt Alyssa.

'Welnee. Werk, werk. Ik heb ze bij mijn ouders onder-gebracht, die heb ik net gebeld. Maar hij heeft nog niet één keer naar mijn ouders gebeld om te vragen hoe het met ze gaat. En mij heeft hij ook niet gebeld.'

'Echt?'

Sita knikt treurig. 'Er gaan weken voorbij dat we elkaar alleen 's ochtends even zien, als ik de tweeling aan probeer te kleden en hij onder de douche doorrent voor hij een ontbijtje naar binnen schuift.'

We staren een tijdje voor ons uit terwijl Sita een zak-doekje onder haar ogen houdt om d'r mascara tegen te houden.

'En jij dan, Donna. Hoe gaat het nu écht met jou?' snift ze.

'Tja,' zeg ik. In deze roes van eerlijkheid en deze tem-peratuur heb ik geen puf om iets te verzinnen.

'Ik voel me af en toe verschrikkelijk alleen!' valt er uit en ik schrik er zelf van. Sita en Alyssa knikken voor zich uit.

'Ik wil niet elke avond alleen eten. Alleen slapen. Alleen wakker worden. Op alle kerstkaartjes alleen mijn eigen naam schrijven. Wat ik het liefste wil lijkt verder weg dan ooit: een man die belt waar ik blijf, vieze sokken rondom mijn bed, een bezette afstandsbediening, hem gelijk geven terwijl hij het niet heeft, zakmessen op mijn verjaardag krijgen, alles leren over voetbal, een motor in de woonkamer. Ik wil een man die nog altijd een trui draagt van toen hij vijftien was, op zondag bij zijn ouders foto's kijken van toen hij een baby was. Dat wil ik.'

Sita glimlacht en Alyssa neemt gauw een slok thee.

'Voor een manloos iemand weet je vrij goed wat je te wachten staat,' grinnikt Sita. 'Je zult niet teleurgesteld worden.'

'Ik wil knetterende scheten op romantische momenten, schietfilms *all over the place*, mijn nieuwe shirt laten gebruiken om de velgen te poetsen, ik wil dat mijn trouwdag vergeten wordt. Dat wil ik.'

Sita knikt begripvol en Alyssa grijnst.

En omdat we toch bezig zijn zeg ik er direct achteraan: 'En ik schrijf ook niet. Wil het wel, maar doe het niet.'

Het blijft even stil.

'Je zou het moeten doen,' zegt Alyssa. 'Ik denk dat je het zou kunnen. Je hebt al zoveel mooie dingen gezegd.'

'En zoveel dingen mooi gezegd,' zegt Sita.

Dat vind ik nou zo megalief dat ik haar wel zou willen zoenen. Wat ik ook gewoon doe. Sita is immers mijn vriendin. En Alyssa valt ook om ons heen. 'Zo goed dat jullie er zijn, meiden,' zegt ze. 'Ik weet niet wat ik anders had gemoeten na die test.'

En zo zitten we te zwijgen, deze drie dames.

Deze wederzijdse ontboezemingen doen ons dichter naar elkaar toe komen dan we ooit zijn geweest. Voor het eerst deze week voel ik me echt verbonden met Sita en Alyssa. Drie vrouwen, drie verhalen, drie levens. Goede tijden, slechte tijden. Wij zijn vriendinnen.

7

Om onze vriendschap te vieren gaan we de kroeg in. *What else?* We bestellen een fles wijn en een appelsap en kijken om ons heen. Het is ongelooflijk. Het kan niet anders dan dat we in de koffiepauze van een commercial zijn beland waarin honderden mannelijke fotomodellen figureren en waarbij geen cent is bezuinigd op het menselijk kapitaal. Ik fleur meteen weer helemaal op. Mijn vriendinnen, de vrouwen van mijn leven, weten nu wat ik wil, en dat ik de schijn niet langer op hoef te houden maakt mijn jachtinstinct des te feller. Wat is het gezellig druk op het plein en wat zijn er veel geweldige mannen.

Ik voel me alsof ik een kind in een snoepwinkel ben. Zo weinig tijd, zoveel moois...

Het is intussen wat later op de avond geworden en de lucht kleurt warmoranje terwijl de warmte nog uit de stenen dampt.

Wat een mannen. En zoals ze kijken, die ene, moet je zien. Hij kijkt naar mij alsof ik de mooiste vrouw van het café ben, hij tuit bewonderend zijn lippen en zelfs vanaf deze afstand zie ik de geamuseerde blik in zijn prachtige ogen. En niet op een vervelende manier die je in Nederland het gevoel geeft dat je een soort van koe bent, maar met bewondering.

Alleen al om het feit dat je een vrouw bent sta je op een voetstuk. Meteen. Hij heeft een gezicht alsof het een tot leven gekomen beeldhouwwerk van Michelangelo is. Die jukbeenderen! Die ogen! En dan zijn lach, zijn mond, en daaronder zijn schouders! Zo breed dat ik twijfel of ik ze met mijn handen tegelijk zou kunnen vastpakken. Hij kijkt naar me, niet onafgebroken maar zo nu en dan, steeds als ik kijk kijkt hij net weg. Zijn haar zit alsof hij net uit bed komt en hij heeft zich ook een paar dagen heel zorgvuldig niet geschoren. Hij lijkt zo uit een affiche voor een of ander parfum weggestapt te zijn en hoewel hij te ver weg staat om hem te kunnen ruiken, raak ik toch enigszins bedwelmd door zijn aanwezigheid, zijn uitstraling en zijn ontzettende ogen. Of zou het de wijn zijn? Ons karafje van zojuist is al bijna leeg.

'Wat zit je te glunderen,' zegt Alyssa.

'Niet meteen kijken,' zeg ik. 'Maar achter je staat een prachtig mannetjesmens.'

'Wie? O, die. Die woont vast nog bij *la mamma*,' zegt Alyssa.

'Echt?'

'Geloof me nu maar. Een derde deel van de mannen van dertig plus woont nog bij mama. Stond laatst in de krant. Echt, Don, je idealiseert de Italiaan.'

Ik kan het me bijna niet voorstellen, als ik naar hem kijk. Hij lijkt zo zelfstandig, zo op zichzelf, zo'n held. En dan zijn moeder die zijn overhemd voor hem klaarlegt en hem 's avonds nog even komt toedekken?

'De meeste mannen waar jij zo onder de indruk van bent,' zegt Sita, 'kunnen nog niet eens hun eigen brood smeren.' Ik besluit deze aanval op mijn droom eenvoudigweg te negeren.

'Poeh. Toch ben ik zo blij dat ik weer in Italië ben,' zeg ik. 'Hier ben ik gewoon op mijn plek!'

Alyssa grinnikt. De jonge god aan de bar stoot zijn vriend aan en nu kijken ze samen naar mij. Ondertussen moet ik steeds nodiger plassen. Ik houd het al een uur op, omdat ik niet langs hem heen wil lopen om me niet al te beschikbaar op te stellen, maar de nood wordt nu dan toch iets te hoog. Ik had gehoopt dat *mister beauty* wel even uit het zicht zou verdwijnen, maar dat doet hij niet en ik moet nu echt wat lozen voor er hele gênante dingen gebeuren.

Ik sta op en loop zo elegant als nog mogelijk is langs De Man naar binnen. Negeren is een kunst die elke vrouw zou moeten kunnen verstaan om te krijgen wat ze hebben wil.

'Dag, prachtige vrouw,' hoor ik hem zeggen. De lucht trilt, de aarde beweegt. De betovering werkt meteen. Ik draai me sierlijk om en schenk hem zo minzaam mogelijk net iets meer dan zomaar een glimlach.

Ik loop naar de wc en voel dat mijn achterzijde bekeken, getaxeerd en op waarde geschat wordt, iets wat ik normaal gesproken haat, maar op de een of andere manier heb ik vandaag en hier en nu zin om dat spel mee te spelen en net iets meer dan noodzakelijk zwiep ik van mijn ene been op het andere.

Op de wc pak ik het boek van Cor nadat ik hurkend mijn overtollig vocht geloosd heb.

Soms moet je iemand goed leren kennen voor je ontdekt dat je eigenlijk vreemden bent voor elkaar.

Dat begrijp ik niet, maar ik vertrouw op de wijsheid van Cor.

Ik doe snel nieuwe deo op (*sweet nights*), check in de spiegel of er geen spinazie tussen mijn tanden zit en dik mijn wimpers nog eens aan en stift mijn lippen met de felrode kleur die me procentueel gezien altijd meer nagefluit oplevert dan mijn werkkleurtje.

Als ik terugloop negeert hij mij staalhard. Mijn beurt.

Ik flaneer achter hem langs en loop recht voor me uit kijkend terug naar de meiden. Binnen een paar seconden draait hij zich om en maakt een fluitend geluid. Ik draai me langzaam om en kijk hem koel aan. Hij grijnst en knipoogt en bekijkt me van boven naar beneden met bewonderende blikken, maar hij zegt niets.

De wijn geeft me lef. Ik ga vlak bij hem staan en kijk hem indringend aan.

'Zou je me niet eens wat te drinken aanbieden?' zeg ik en tot mijn genoegen klinkt mijn stem laag en schor.

'Waarom zou ik dat doen?' Arrogante maar geamuseerde blik.

'Omdat,' en ik ga aan de andere kant naast hem staan, 'ik vind dat ik dat wel verdiend heb.' Lieve help, wat is hij mooi. Zelfs van dichtbij. Juist van dichtbij. Daar is Nicolai niks bij. Zijn huid heeft de kleur van caramel met boven zijn gezicht ravenzwart, licht gekruld haar en bruine ogen met lange donkere wimpers en een stralende lach, die hij me om de haverklap laat zien. En hij heeft twee kuiltjes in zijn wangen, boven zijn strakke kaken. Onder zijn lichtblauwe gestreepte overhemd ontwaar ik enkele borsthaartjes.

Hij steekt, zonder op te houden met naar me te kijken, zijn vinger op naar de man achter de bar.

'Zo goed, mevrouw?' Hij schuift een glas wijn voor me op de bar en schuift een kruk naar achteren. Hij legt mijn hand onder aan mijn rug en ik klim op de kruk. De hand blijft daar langer dan nodig. Het lukt me zonder te vallen of een anderszins onelegante houding aan te nemen. De warmte van z'n hand brandt dwars door m'n jurk. Ik weet zeker dat er een afdruk op mijn huid te zien zal zijn.

We toosten en iets in mijn binnenste juicht en joelt. Ik

heb hem. Ik voel het gewoon. De mooie jongen draait zijn rug naar de jongens met wie hij hier is en tussen ons groeit een stormende raas van feromonen en energetische orkanen.

Je bent van mij, je weet het alleen zelf nog niet, denk ik. Hij volgt me de hele tijd met zijn ogen.

'Je bent mooi,' zegt hij en zijn stem is zo mooi en zwaar.

Zeg meer, praat, lees het telefoonboek voor! Maar hij grijnst alleen maar.

'Laat me eens naar je kijken,' zegt hij. Onafgebroken staart hij me aan en zegt 'Hmmm', alsof hij een arts is die me onderzoekt.

Was hij dat maar.

'Jij lijkt me wel een meisje dat je agenda volplakte met plaatjes van Don Johnson,' zegt hij uiteindelijk. 'Die met die blote voeten in z'n gaatjesschoenen. En jij schreef vast ook hele songteksten over met een geurpen.'

Ik sla steil achterover. Hoe is het mogelijk dat hij dat weet! Deze man heeft me door. Hij kijkt recht m'n ziel in. En hij gaat nog verder.

'Ik zie en hoor dat je niet uit Italië komt. Maar je hebt wel de gratie van een Italiaanse. Wat ben je mooi. Waar je ook woont, hier stroomt je Italiaanse bloed het mooist.'

Ik ben met stomheid geslagen. Een man die me aanvoelt. Hoe bestaat het.

'Wat is je naam?' vraagt De Man.

'Donna,' zingt hij. 'Donna, Donna. Mij noemen ze Rico.'

Donna en Rico, Rico en Donna.

'Wat brengt jouw buitenaardse schoonheid in het hart van de wereldgeschiedenis?' vraagt Rico terwijl hij zijn ogen net niet helemaal samenknijpt.

'Ik ben hier omdat ik nergens anders werkelijk leef,' zeg ik en ik noteer dit gesprek in mijn achterhoofd omdat ik het van a tot z wil overnemen in het boek dat ik ooit ga schrijven.

'Ben je alleen?' vraagt hij en voor ik me afvraag hoe ik deze vraag op moet vatten denk ik aan mijn vriendinnen.

Alyssa en Sita. Ik verwaarloos ze.

'Sorry, ik moet even naar mijn vriendinnen.'

Ik laat me van de kruk glijden en steek mijn hoofd tussen de pratende gezichten van Sita en Alyssa.

'Ga lekker je gang,' zegt Sita. 'We hebben het over zwangerschappen en eerste schopjes en kilo's erbij en eraf. Niks voor jou.' Hoewel ik dat ergens een licht beledigende opmerking vind, ben ik allang blij dat ze me even mijn gang laten gaan. Ik kruip terug in aanwezigheid van Rico die zijn lijf naar me toe draait.

'Zullen we even naar de sterren kijken?' Geruisloos verdwijnen we uit het café. Ik knipoog naar Sita die me verbaasd aankijkt terwijl ze haar zin over navelbandjes afmaakt. We slenteren een stuk over het plein en aan de overkant van het plein lopen we een steeg in waar het geurt naar cipressen. Hij slaat zijn arm om me heen en duwt me met een licht opwindende dwang tegen het stucwerk van een huis.

'Mooie, prachtige vrouw,' zegt hij zacht. Met zijn gezicht heel dicht bij me. Hij ruikt naar oregano, naar zee, naar man.

'Weet je dat je heel mooi bent, Donna?' zegt hij. 'Heel mooi. Vanbuiten.'

Hij zoent me, hard. Te hard.

Die weet wat hij wil, denk ik. Iets van angst zwelt op in m'n buik.

Zijn tong dringt zo ver mijn mond binnen dat het lijkt alsof hij m'n ontbijt wil recyclen.

Ergens diep in mijn binnenste begint een heel klein alarmbelletje af te gaan. Maar ik kan het nog makkelijk negeren, zeker met twee van zulke jukbeenderen vlak boven me. De blik in zijn ogen is zo doordringend dat ik niet anders kan doen dan me helemaal door hem op laten slokken. Letterlijk, want allemachtig, wat kan die man zoenen. Ik word vloeibaar in zijn armen.

'Je verschijnt nog altijd in mijn dromen,' zegt hij. 'Jij. Met mijn voetbal in je ene hand. En een schaar in je andere.'

Weer zoent hij me, hard en doordringend.

Opeens dringt de ontzettende waarheid tot me door. Ik ruk mijn vacuümgezogen mond van hem los. Wanneer ik hem nog eens goed aankijk snap ik niet dat ik het niet eerder gezien heb. Deze prachtige man, deze uit de godenwereld ontsnapte adonis, het is Riccardo.

Riccardo die bij mij in de klas zat. En die ik zo verschrikkelijk gepest heb, dat hij huilend van school opgehaald werd door zijn eveneens huilende moeder. Riccardo tussen wiens brood wij platgeslagen vliegen verstopten. Riccardo bij wie wij scheldwoorden op zijn gipsen been schreven, in het Nederlands, zodat hij daar weken nietsvermoedend mee rondliep. Riccardo die zijn been gebroken had doordat wij de schroefjes van zijn stoel uit het raam gegooid hadden.

De blik in zijn ogen is op slag veranderd van zeer heet tot bevroren.

'Ik heb het je nooit vergeven,' zegt hij.

Hij laat me plotseling los en spuugt voor me op de grond.

Aan weerszijden van mijn hoofd zet hij zijn handen tegen de muur en komt met zijn gezicht heel dicht bij het mijne.

Het gevoel dat hij alles met me kan doen wat hij wil heeft opeens een heel andere dimensie gekregen dan een halfuur geleden.

Dan draait hij zich om en verdwijnt in de nacht. Ik blijf nog een tijd staan terwijl een paar mannen op een scooter dingen naar me roepen die ik een paar minuten geleden nog geweldig had gevonden om te horen. Met mijn armen over elkaar loop ik terug naar het plein.

Mijn mobiel trilt. Sms van Bart: *Hoe gaat het daar? Moet ik al met Lorenzo in een doosje met gaatjes komen emigreren? Een bezoekregeling met je afspreken?*

Echt weer Bart. Onwetend is hij toch weer op het goede moment bij me.

Geef hem een kusje van me, sms ik terug. Dat ik best wat zou geven om nu een berenklauw met hem te eten met extra mayo, laat ik maar even achterwege.

'Was 't niet wat?' vraagt Alyssa als ik terug bij de meiden kom. Maar dan ziet ze mijn gezicht. 'O nee! Hij heeft je toch niet… Het is toch niet…'

Ik vraag me af of ik me ooit zo rot gevoeld heb. De mooiste man die ik ooit heb gezien heeft me gezoend. En hoe.

'Het was Riccardo,' breng ik uit.

'Riccardo?'

'Riccardo? Van dat jeukpoeder in zijn shirt?'

'Van die dooie vis in z'n gymschoenen? Hoe kan hij nou Riccardo zijn? Maar…!'

De meiden zijn voor het eerst stil sinds ik ze zie.

Somber bestellen we nog een rondje.

De warme plekken van zijn handen, op mijn rug, mijn

zij en mijn billen zitten in mijn huid gebrand en raak ik de rest van de nacht niet meer kwijt.

*

Op een reünie moet je natuurlijk *never* nooit niet te vroeg komen. Ook niet gewoon vroeg. Elke seconde dat je eerder komt dan iemand anders maakt je minder interessant, want kennelijk had je niks beters te doen. De meeste indruk maak je dan ook door niet te komen. Maar ja.

Mensen moeten over je praten: Hé, zou die Donna ook komen? Ik ben benieuwd. Wat zou er van haar geworden zijn?

Te laat komen dus. Veel te laat.

Nu heb ik daar in het gewone leven niet zo'n moeite mee, maar vandaag is het anders. Ik ben eerder wakker dan iedereen en hoewel ik douche met meer lawaai dan anders ligt iedereen nog steeds te meuren als ik mijn haar opsteek en m'n gezicht opmaak alsof het vandaag de dag is dat ik ga trouwen.

We gaan eerst uitgebreid lunchen.

'Ik wou dat het al achter de rug was,' zegt Sita, 'dan konden we er nu tenminste al lekker over praten! Nu moeten we nog.'

'Al die praatjes, honderd keer hetzelfde vertellen. Ik zie er nu al tegenop,' zegt Alyssa.

'Ik doe wel een button op met: nog altijd vrijgezel, geen kids, werk bij tv, nee, niks bijzonders, werk achter de schermen, wat doe jij tegenwoordig?' zeg ik terwijl ik voorovergebogen, om mijn kapsel en mijn make-up niet te verpesten, mijn espresso drink.

Daarna lopen we naar het schoolgebouw, dat aan een pleintje staat in een straat met hoge gebouwen. Zelfs de bakker zit er nog, en in het laatste huis voor de school hangen nog dezelfde gordijntjes als toen.

Ik weet niet wat spannender is. Om al die mensen terug te zien, of het idee dat al die mensen mij terug gaan zien. Ik wou dat ik eerst even onzichtbaar naar binnen kon. Eerst even checken of HIJ er is en of ik wil dat hij mij ziet, of niet.

De school is niets veranderd. Er valt tien jaar levenservaring van me af als ik het schoolplein op loop. Het oude, beige gebouw met de donkerbruine kozijnen, de kleine ramen en het plein waar de zon alleen 's morgens schijnt. Voor de ramen op de eerste verdieping zitten tralies, zodat we niet zouden ontsnappen. Gevangen in Scuola Leonardo Da Vinci. Wat een geluk dat het ons gelukt is! De zware houten deur staat open en er klinkt muziek door. We stappen de zwart-wit betegelde gang in en hangen onze jassen in de garderobe alsof we het gisteren nog deden. We krijgen een button waar we onze naam op schrijven.

Ik vind het ongelooflijk dat ik hier al tien jaar niet geweest ben. Ik zou zo mijn boeken in mijn tas onder mijn arm pakken en naar binnen rennen om op tijd bij Engels te zijn. Engels, dat kregen we van de heer Jones. Ik zie nog de haren in zijn neus en zijn pink die omhoogstak als hij tussen de lessen door zijn *cup of tea* aan het drinken was. Zijn geruite pakken. De knot van mevrouw Sila die ons probeerde te leren tekenen. Ik wist niet dat ik het allemaal nog wist.

'Ik voel me terugsuizen in de tijd!' roept Alyssa. 'Waar is mijn walkman met cassettebandjes? Mijn beenwarmers?'

'O, wat is het klein, het was allemaal veel groter in mijn gedachten,' zegt Sita. Ik denk dat ze bedoelt dat ze zelf wat kleiner was.

En daar, daar zaten we altijd nog even snel ons huiswerk over te schrijven voor we de les in gingen.

'Zelfs de soepautomaat staat er nog,' fluistert Sita. De tijd heeft hier stilgestaan. Bevroren tot dit moment, waarop wij hem komen ontdooien.

Ik zit even helemaal in een soort tijdsvacuüm. Hoe is het mogelijk, alles is nog hetzelfde, het ruikt zelfs nog hetzelfde. Er hangt een muffe geur en in de buurt van de wc's ruikt het naar het riool. Er komen allerlei herinneringen, flarden en beelden binnen waarvan ik, zelfs als je met de kieteldood had gedreigd, niet had geweten dat ik die onder mijn schedeldak huisvestte. Ik zie mezelf, vanbinnen huilend met een achterlijk grote tas met boeken, mijn eerste dag, ik was te laat en wist niet waar ik moest zijn. En daar, daar stond ik altijd op dinsdagmiddag om tien over tien, want dan moest de heer Mancini van lokaal 24 naar 48 (echt! de nummers van de lokalen schieten me zelfs te binnen!) en zo kon ik hem goed zien, zowel als hij naar me toe liep als wanneer hij van me af liep, zonder dat het echt opviel. En hier heb ik een keer een uitmaakbrief zitten schrijven, samen met Alyssa, omdat ik niet wist hoe dat moest en zij dat ontzettend interessant vond. De brief is overigens nooit bezorgd, want de jongen in kwestie zag ik dezelfde middag nog met een ander meisje lopen. Werkelijk, wat een schat aan herinneringen ligt hier. Ze besprongen me vanuit de muren, de vloeren en de stoffige gordijnen.

In de aula is het druk, heel druk. Overal zie ik flarden herkenning, ik zie ook mensen aan wie ik ongelogen nul komma nul seconden meer gedacht heb sinds ik mijn laatste voet uit deze school haalde.

Niemand is feitelijk een steek veranderd. Zou het zo zijn dat je gevangenzit in wie je bent? Dat je nooit werkelijk kunt veranderen? Maar dan dringt het beeld en de tong van Riccardo zich weer op. Een mengsel van walging en kotsneigingen en een zekere kriebel in mijn onderbuik, waar ik op slag weer van walg.

Niemand is veranderd, en toch is iedereen veranderd. Veel mensen zijn dikker geworden. Lelijker. Moeier. De ruimte is hoe dan ook meer gevuld dan toen, waarschijnlijk zijn de ego's ook een stuk groter geworden. Geen Mr. Mancini vooralsnog. Of zou hij veranderd zijn in een baardige professor?

De organisatie heeft bedacht dat we per examenklas in een lokaal moeten en dat we daar oude foto's gaan kijken en herinneringen ophalen. Daarna is er in de aula een lopend buffet en voor de gelegenheid is de schoolband weer van stal gehaald, een mengeling van leerlingen van nu en toen.

Dat meisje in de hoek herken ik meteen. Een toen niet heel opvallend meisje, dat slim was en goed kon leren maar nooit veel zei. Hoe heet ze toch ook weer?

'Hé, wat leuk, Donna,' zegt ze. Aaj, hoe nu?

'Eh, hoi,' zeg ik. 'Hoe gaat het?'

'Goed,' zegt ze. 'En met jou? Je bent toch naar Nederland verhuisd? En jij wilde altijd schrijfster worden, doe je dat nu ook?'

Ik slik. Heb ik dat ooit iemand verteld? Ooow, ik hoop maar dat het bij eentje gebleven is, anders moet ik mijn afgang vierhonderd keer kenbaar maken vandaag.

Ze glimlacht. 'Je weet niet meer hoe ik heet, hè?'

'Sorry,' zeg ik.

'Maria,' zegt ze. En ik snap meteen niet dat ik dat vergeten was, want ik ben met Maria vriendin geweest.

Ik glimlach en probeer een beetje ach en wee en je weet hoe dat gaat en ja, schrijven doe ik wel maar ja, werk hè.

'Wat doe jij dan tegenwoordig?' vraag ik, terwijl ik hoop dat het antwoord tegenvalt.

'O, ik werk als actrice,' zwaait ze achteloos met haar hand. 'Niks bijzonders, hoor, reclamespotjes en soms eens een filmpje.'

Ik trek mijn mondhoeken omhoog en probeer bewondering in mijn ogen te leggen.

Opeens hangt Sita om mijn nek.

'Op kwart over twee,' zegt ze, met ingehouden emotie.

Ik kijk.

Maar ik zie niets. Aan het zachte gehijg in mijn oor realiseer ik me dat er wel iets te zien moet zijn. Iets met een hoofdletter. Ik zie helemaal geen mooie mannen. Ik zie alleen maar vrouwen die met tuttige handtasjes een beetje tuttig tegen elkaar aan staan te praten en te knikken.

Dan verschijnt er op mijn netvlies een gedaante. Een grote, grijze, vettige, brede gewaarwording.

My goodness!

Ik ben verbijsterd.

Daar staat Caroline. Tenminste, wat er van haar over is. En dat is meer dan het vroeger was. Veel meer.

De vergane glorie is fysiek geworden. De godin is verzopen. In verregaande staat van ontbinding.

Caroline.

Haar haar is kort en praktisch. Ze is zeker zeven maanden zwanger, en niet van haar eerste, want ze draagt een ketting met minstens drie hoofdjes. De kilo's van de vorige zwangerschappen zitten er nog allemaal gezellig aan. Ze draagt een soort plastic klompen met daarin panty- kousjes. Daardoorheen schemert op haar enkel een tatoeage van iets met een uitroepteken.

'Kom, we gaan dichterbij staan,' fluistert Sita die ook Alyssa wenkt die zowat omklapt op het moment dat de herkenning daar is.

Het is haar echt. Ik herken haar stem.

Wat is die ongelooflijk... groot geworden!

Het lijkt wel of ze een dik, compleet en nauwsluitend kostuum van zichzelf draagt, zo bol is ze. Bolle wangen, hangende armen en een taille die breder is dan haar schouders.

Afgezien daarvan draagt ze een soort broek die nog net geen joggingbroek is, waarschijnlijk zijn die niet meer verkrijgbaar in haar maat, en zo te zien draagt ze geen beha of het moet er een zijn die de boel plat en naar bene- den drukt.

Ze staat in een telefoon te schreeuwen en steekt een verschrikkelijke tirade af tegen iemand die waarschijnlijk haar wettige echtgenoot is.

'De vader van haar vierde kind,' zegt Maria. 'Het is triest met haar gegaan.' Heerlijk. Maria kent het hele ver- haal. Alyssa, Sita en ik kruipen aan een tafeltje en Maria vertelt.

Ze werd ontdekt op straat door een fotograaf. Die zou haar fotomodel maken.

Dat was de vader van de eerste.

Daarna werd ze ontdekt door een regisseur. Die zou haar aan een acteercarrière helpen. Dat werd kind nummer twee.

De derde is van de gynaecoloog, die medelijden met haar had.

En dit is de maatschappelijk werker. Die waar ze nu ruzie mee staat te maken.

Wij kijken elkaar met glinsterende ogen aan. Fantastisch. Er is gerechtigheid.

Dan kijkt ze onze kant op. Ik hoop dat mijn verbijstering niet al te zeer aan mijn gezicht en lichaamstaal af te lezen valt.

Op het moment dat ze ons herkent opent zich een gat in haar gezicht, waarin enkele bruine tandjes zichtbaar worden.

'Donna! En de rest! Wat leuk!'

'Caroline,' breng ik uit. 'Hoe gaat het met je?'

Ze beweegt haar gewicht naar ons tafeltje toe en legt haar worstige vingertjes op mijn schouder.

'Ik dacht, jij bent vast zo'n Hollandse lompe vrouw geworden met bergschoenen en kleren zonder taille en wijde zelfgebreide truien! Maar niets van dat alles! Je bent het Italiaanst van ons allemaal! Nou, hoewel, zoveel als er van mij is, dat halen jullie met z'n vieren nog niet eens!' Haar lach schalt de kantine door.

Ik durf niet te diep adem te halen, hoewel ik heel hard een dosis zuurstof nodig heb.

'Het komt allemaal door deze donderstenen hier,' zegt ze. Ze haalt een mapje uit haar tas en laat het boven haar hoofd openvallen, zodat er zevenhonderd foto's uitklappen, zoals een cowboy die aan de binnenkant van zijn jas zijn patronen laat zien. Zevenhonderd kaalhoofdige mormels met snot en kots en korsten.

'Dit zijn ze! Mijn dierbare blokken aan mijn been. En terwijl ik dacht dat ik al mijn gewicht wel kwijt zou raken als die parasieten mijn lijf hadden verlaten en me leeg zouden slurpen, is er alleen maar meer bij gekomen!'

Weer brult ze van het lachen. 'Maar 't is het mooiste wat er is. Zo mooi, dat je er doodmoe van wordt. Daarom ben ik ook zo blij dat ik nu effe een weekje vrij ben!' En terwijl ze dat zegt zet ze haar mobiel uit (waar overigens ook die drie koppies op het beeldscherm prijken) en werpt ze hem met een demonstratief gebaar in haar handtas.

'Maar daar zie ik de hapjes binnenkomen, ik zie jullie later, dames!' Als ze wegloopt wordt het een stuk lichter om ons heen.

Intens gelukkig nemen we een paar hapjes van de obers, jongere leerlingen, die langs komen lopen.

'Alstublieft, mevrouw,' zegt er eentje. In hun ogen ben ik met mijn zevenentwintig jaar natuurlijk al een bejaarde, zo niet bijna overleden. En toch heb ik het gevoel dat ik hier meer recht heb om te zijn dan zij, dat het meer mijn school is dan de hunne.

Ik pak een zacht stukje brood en een andersoortige grijze substantie die bij nadere beschouwing waarschijnlijk voor een gehaktbal moet doorgaan. Ik mis Bart opeens vreselijk.

Eet vleeshal. Vermoed ik. Ingeblikt in 1992. Mis je opeens! Alles onder controle? sms ik hem.

Ik zit hier heel alleen diepvriespizza te eten. Zo ben ik toch een beetje bij je, krijg ik meteen terug.

Ik sms terug: *Doe je er wel 'n extra klodder ketchup op? En vergeet je poedertoetje niet!*

De band begint met spelen en daar worden er kratten met lambrusco op tafel gezet. Eindelijk! Uit kartonnen pakken wordt de wijn geschonken in plastic bekertjes. Ze doen wel hun best om het idee van een schoolfeest zo veel mogelijk authenticiteit mee te geven. Nog even en ik ga

155

zelfs dansen, maar dan zal ik toch eerst wat meer moeten drinken, om het soepele gevoel optimaal tot zijn recht te laten komen. De band is goed en speelt de complete top veertig van ons jaar. Sita en ik kijken naar elkaar en voelen dat we aan hetzelfde denken. Dan springen we tussen de klasgenoten op de dansvloer.

Alyssa staat langs de kant met een bekertje water.

Ze praat met een meisje dat indertijd altijd vaag naar ongewassen kleren rook en zo zacht praatte dat het niet schattig meer was maar extreem irritant. Dat doet ze waarschijnlijk nog, want ik zie haar mond bewegen terwijl Alyssa af en toe knikt of schudt en gaapt.

'Dans je zo mee?' vraag ik om haar een reddingsboei toe te werpen.

'Nee, ik dans niet mee,' zegt Alyssa met een wit gezicht. 'Dat red ik niet.'

'Hé, dame,' zegt opeens een prachtige basstem in mijn rechteroor.

Ik kijk. Ik kijk, maar ik weet niet wat ik zie.

Het is de heer Mancini.

De enige echte meneer Mancini van wiskunde.

De jaren lossen op als een bruistablet in een glas.

Hij staat hier naast me, en hij kijkt me aan. En hij lacht.

Een echte man. George Clooney is er niets bij, echt niet, eerlijk niet.

'Wat ben jij een prachtige dame geworden, Donna!'

Dat hij mijn naam mogelijkerwijs van mijn naamplaatje gelezen heeft, verkies ik te vergeten. Hij weet het gewoon nog. Dat kán toch?

'Dag, meneer Mancini,' zeg ik en ik hoop zo ontzettend dat ten eerste de kruiden van de kruidenboter niet tussen mijn tanden zitten en ten tweede dat de lambrusco nog

niet opgenomen is door mijn lijf en ik nog geen damp uit-
sla, en ten derde dat het met lakens gedempte licht van de
tl-buizen op diffuse wijze mijn gezicht een prachtige
gloed geeft en als laatste dat hij mij vooral nog heel, heel
lang aan blijft kijken.

En dat doet hij. Hij blijft maar kijken en zijn subtiele
lach is er werkelijk eentje uit een ander universum.

'Wil je wat drinken?' vraagt hij. Waarschijnlijk sta ik als
een koe zo dom te gapen, maar uiteindelijk lukt het me
om 'ja' te zeggen. Of in elk geval maakt hij dat kennelijk
uit mijn geluid op, want hij draait zich om en loopt naar
de tap. Onmiddellijk giet ik mijn lambrusco in de grote
nepplant die naast me staat.

8

Terwijl Mancini bij de tafel een lambruscootje tapt kan ik niet geloven wat ik zojuist heb meegemaakt. De man die mijn dromen zeker vijf jaren beheerst heeft, over wie ik heel wat – niet na te vertellen want te gênant – mooie dromen heb gehad, die de vader van mijn zestien kinderen had mogen zijn, staat op enkele meters van mij hiervandaan een drankje voor mij op te halen. Sterker nog, hij kijkt naar me en maakt een vragend gebaar bij de tapas: wil je er daar wat van?

Ik knik, wat er waarschijnlijk heel achterlijk uitziet omdat mijn mond ook openhangt.

Wat is hij mooi. Wat is hij verschrikkelijk mooi. Wat staat hij daar ontzettend mooi te wezen. Zijn rechte rug, de paar grijze haren tussen zijn verder donkere, dikke haar, zijn ronde achterhoofd. Zoals hij daar staat, zo makkelijk, zo soepel, zo krachtig. Je ziet gewoon dat hij een gespierd lijf heeft, niet in het minst omdat hij een wit overhemd draagt van soepelvallende stof, waaronder de rondingen van zijn rugspieren en brede schouders goed zichtbaar zijn. Hij heeft het overhemd niet áán, maar het valt om hem heen. Hij draagt een half versleten spijkerbroek die niet ordinair strak zit, maar net genoeg om iets van de inhoud te verraden. Veerkrachtig loopt hij naar me toe, bijna alsof hij op een luchtkussen loopt. Hij overhandigt me een broodje en een beker wijn. Even raken onze handen elkaar.

'Dank je,' zeg ik, 'ik ben er net weer aan toe.'

'Ik herinner me jou zo goed,' zegt hij.

'Ik jou ook,' zeg ik.

'Je was een flinke meid, toen al. Hollands welvaren.

Donna van Dalen. Het meisje uit Nederland.'

De manier waarop hij mijn naam zegt geeft mijn bestaanrecht vorm. Hij noemt mij, dus ik besta.

'Was jij het niet die van alle vieren hartjes maakte? En van alle achten poppetjes?'

Van al die dingen herinnert hij zich die. Werkelijk.

'En heb jij niet eens op mijn verjaardag een bos rozen op mijn bureau neergezet?'

Ik was het niet, maar ik knik grif van 'ja'.

'En wat ik nu al die tijd wilde weten, wist jij niet dat die luizen erin zaten of was dat juist de grap?'

'Meneer Mancini,' lach ik.

'Zeg toch gewoon Lorenzo,' glimlacht hij. 'Je bent mijn leerling niet meer, je bent een volwassen vrouw geworden! Met alles erop en eraan.' Brutaal bekijkt hij me, niet eens stiekem, van boven tot onder en weer terug.

Ik was vergeten hoe onwaarschijnlijk opwindend zijn stem is. En van de schrik vergeet ik wat ik wilde zeggen.

Maar dat geeft niks. Want de band speelt zo hard dat er voor een normale conversatie geen ruimte is. Wat ik niet zo heel erg vind, omdat ik ervan baal dat na zoveel jaren dromen van gesprekken tot diep in de nacht bij het kampvuur of kaarslicht in een klein eetcafeetje ergens in Spanje of waar dan ook, ik nu niet weet wat ik moet zeggen. Waar had ik het in mijn dromen met hem eigenlijk over? Ik kijk naar hem, hij kijkt naar mij, flarden les schieten me weer te binnen, het bewegen van zijn billen als hij enorme wiskundesommen op het bord stond te schrijven, de haren op zijn gebruinde armen als hij over me heen gebogen stond om me iets uit te leggen, zijn openvallende overhemd waardoor ik een stukje van zijn warme huid kon zien, zijn gekmakende lichte zweetgeur kon ruiken.

Hij grijnst naar me en gebaart met zijn lege beker: meer?

'Graag,' gebaar ik terug. Het leuke van die bekers is dat het waarschijnlijk is dat er minder in gaat dan in een wijnglas en daarmee kan ik mezelf natuurlijk op volmaakte wijze voor de gek houden. Ik heb nog geen vijf glazen op, vijf békers! En da's een stuk minder. We proosten weer. De band heeft even pauze en er wordt een muziekje opgezet dat in de lift van een groot hotel niet zou misstaan. Nu zal er toch gepraat moeten worden om te voorkomen dat hij zijn interesse in me kwijtraakt. Ik moet investeren in de open verbinding die we nu hebben.

'Geef je nog altijd les?' vraag ik.

'Nog altijd,' zegt hij.

'Hier?'

'Hier.'

Toegegeven, de inhoud, de verbale inhoud van onze gesprekken stelt erg weinig voor. Maar je moest eens weten hoe het er met de non-verbale communicatie aan toeging. Het is lang geleden dat ik met iemand zo ontzettend lekker non-verbaal aan het communiceren was. Steeds komt hij subtiel iets dichter bij me staan, en ik als prooi zijnde doe steeds hetzelfde stapje, maar nét iets minder groot, achteruit, waardoor we de hele kantine doorschuifelen en hij uiteindelijk zo dicht bij me staat dat ik mijn arm op een onnatuurlijke manier moet buigen om nog wijn binnen te krijgen.

En ondertussen praten we gezellig door.

De band begint weer te spelen en trekt lekker van leer. Sita staat al enorm uit haar dak te gaan op de dansvloer. Wat swingt die band! Ongelooflijk! Iedereen begint te dansen, de muziek wordt harder en het is onmogelijk om stil te blijven staan.

Opeens twee handen op mijn heupen. *Thanks* voor de maaltijdvervangers van de afgelopen weken.

'Kom, dansen!' Mannenstem en tweedagenbaard in mijn nek. Lorenzo duwt me voor zich uit de dansvloer op. En hij kan dansen! Ik dacht altijd dat de enige beweging die leraren vloeiend maakten het roeren van hun thee was, maar wauw! De muziek neemt ons in zich op, de beat loopt synchroon met onze hartslag. Door de drukte op de dansvloer moeten we dicht tegen elkaar aan bewegen. Hij blijft naar me kijken.

Wat ruikt deze man onvoorstelbaar zalig. Bij elke inademing vullen mijn longen zich met een heel Italiaans gebeuren, en zuigen mijn cellen zich vol met de zuurstof die Lorenzo heet.

Ik hoef geen enkele moeite te doen om me hem voor te stellen zonder kleding, want er zijn genoeg knoopjes open om een reële inschatting van zijn bovenlijf te maken (glad, gebruind en met enkele mannelijke haartjes). Zijn schoongewassen jeans en zijn groenblauwe ogen en zijn wimpers en de nauwelijks waarneembare glimlach om zijn mond en zijn slanke vingers verstrengeld in de mijne en hij kan alles met me doen wat hij wil. Ik voel dat ik wil dat hij alles met me gaat doen wat hij wil en wat ik wil en dat is dus dat hij alles met me doet wat hij wil. Ik smelt als een dom blokje boter voor dit brok natuur.

Er gebeurt iets. Er vindt een chemische verandering plaats op moleculair niveau. Onomkeerbaar. Onhoudbaar.

Wacht.
Ho.
Wat gebeurt er?
Wat doe ik?

Het is alsof de muziek plotseling zachter wordt gezet, alsof ik mezelf vanuit de verte op een homevideo bezig zie. Als een vruchtbare chimpansee die om haar leraar wiskunde aan het bewegen is.

Ik moet even afkicken voor ik me hier volledig laat inpalmen.

Gisteren ben ik daarmee vreselijk op mijn gezicht gegaan, heb je daar nou niets van geleerd? spreek ik mezelf streng toe.

Earth calling Donna.

Effe chillen!

Waar zijn we mee bezig?

Ik moet me natuurlijk niet als een mak schaap in zijn bed laten drijven. Daar moet wel iets meer voor nodig zijn dan een paar leuke ogen en een gevulde broek. Ik ben zijn leerling niet meer, ik ben intussen een volwassen vrouw geworden met alles erop en eraan.

Dit zijn de dingen die ik kan denken als hij me niet aankijkt.

Wanneer hij zijn blik weer op me richt denk ik dit allemaal niet.

Dan denk ik namelijk helemaal niet.

Als hij kijkt houd ik eenvoudigweg op te bestaan. Ik los op, verdamp, explodeer; hoe je het noemen wilt.

Innerlijke kracht.

Ik moet innerlijke kracht opdoen. Nu. Niet meer kijken naar die man.

'Ik moet even naar de wc,' fluister ik in zijn oor, terwijl hij ondertussen subtiel nog dichterbij komt en zijn hand even op mijn middel legt, omdat hij me anders niet verstaat.

Ik scheur me los uit zijn aura en wandel zo normaal mogelijk naar de andere kant van de kantine, hoewel ik zeker weet dat hij me nakijkt. Daar reken ik tenminste wel op.

Ik loop de bekende weg naar de gang voorbij het kamertje van de conciërge en ik pak de eerste wc; gek dat je altijd dezelfde wc neemt. Eens de linker, altijd de linker.

Ik sluit de deur en ga op de wc zitten, mijn volle, lege hoofd rust op mijn handen.

De redding van elke vrouw is gelegen in het toilet. Een oase van rust en bezinning in dennengeurodeur. Vele cruciale bezinningsmomenten, beslissingen, levenswendende sms'jes worden gerealiseerd in de eenzaamheid van de vierkante meter rondom het porselein. De pot als modern religieus instituut.

In het ontnuchterende tl-licht van de wc hervind ik mijzelf. Donna, zeg ik tegen mezelf in de spiegel. Je wist diep in je hart dat je een Italiaan tegen het lijf zou lopen. Maar Dé Man met goddelijk lijf, nee dat had ik niet gedacht.

Geniet er nou maar van! zegt mijn spiegelbeeld.

Maar ik weet niets van hem! zeg ik terug.

Nou en? Hij heeft je toch nog niet ten huwelijk gevraagd?

Nee. Dat is zo.

Good girls go to heaven, bad girls go everywhere staat op de

deur gekrast. En zo is het. Tussen honderden jongens-
namen en uitgekraste lichaamsdelen in erecte toestand
staan telefoonnummers met hete beloften en allerlei lol-
ligheden.

Drollen langer dan één meter in de hoek zetten A.U.B.
Here I sit and hesitate, shall I shit or masturbate?
Wc-tennis: kijk links, kijk rechts.

Ik zou toch zweren dat wij vroeger veel leuker, bijde-
hanter en grappiger waren. Ik pak uit mijn tas het Dikke
Boek en voel met mijn hand welke bladzijde de op dit
moment broodnodige wijsheid voor mij verborgen houdt.

De schat waarnaar je op zoek bent is nog nooit zo dichtbij
geweest. En toch zie je hem niet. Je kijkt de verkeerde kant
op.

Wat moet ik hier nu weer mee? Ik weet dat het verboden
is om nog een tekst te zoeken, maar ik doe het natuurlijk
toch.

Er zijn drie dingen die nooit terugkeren: de afgeschoten pijl,
het gesproken woord en de gelegenheid die je hebt verzuimd.

Da's duidelijk. Cor, je bent geweldig. Ik vraag je als getuige, werkelijk waar.

Dan hoor ik een gesnuf op de wc naast me. Iemand zit
te grienen.

Ik sla mijn boek weer dicht en trek door. Voor het idee,
hè. Want plassen hoefde ik niet, alle vocht in mijn lijf heb
ik er op de dansvloer uitgezweet.

'Hé, kan ik je helpen?' vraag ik. Gesnif.

De deur gaat open.

Alyssa zit op de wc doodongelukkig te zijn.

'Gaat het wel?'

Ze schudt haar hoofd. 'Ik dacht dat het óchtendmisse-lijkheid was,' zegt ze. 'Dat zeggen ze toch?'

'Dat is van vroeger,' zeg ik. 'Toen zagen de mannen hun vrouwen alleen 's morgens voor ze naar hun werk gingen. En die schreven de wijsheden toen op. In handboeken en zo. Heb ik gelezen.'

'Pfff,' zegt Alyssa. Ze draait zich om en er verdwijnt weer een panini in het Roomse riool. Ik leg mijn hand op haar rug.

Dat vind ik zo'n ontzettend gebaar van vriendschap, trouwens. Dat je elkaar ondersteunt bij het overgeven. Nu heb ik dat tot nu toe alleen gedaan als dat werd ver-oorzaakt door te veel rosé, trouwens, maar desalniettemin voel ik me een Echte Vriendin. Ik houd haar haar vast zodat het niet in de wc valt en wrijf over haar rug om haar gerust te stellen terwijl er nog meer halfverteerd Italiaans voer op het porselein klettert.

'Wil je een slokje water?' vraag ik. Fout. Ze duwt haar hoofd weer in de pot.

'Ik ben leeg,' fluistert ze schor. 'Het gaat wel weer.' Ze gaat rechtop zitten. Als er andere mensen binnenkomen doe ik de wc-deur dicht en ga op de maandverbandweg-gooibox zitten. Ik wil het vriendinnengevoel nog even vasthouden.

'Weet Andreas het nou al?' vraag ik.

Alyssa schudt haar hoofd. 'En dat wou ik nog even zo houden.'

'Je kunt het hem maar beter zeggen,' zeg ik. 'Denk na! Hij wordt de vader van je kind. Je hebt hem nodig. En hij jou. Hij heeft het recht om het te weten!'

Ik voel dat ik voor dat kleine mensje in wording moet opkomen. 'Jullie gezamenlijke geheim zal jullie verbinden!' preek ik verder. 'Dit mensje zal de liefde tussen jullie doen opbloeien, de kracht van de liefde als nooit tevoren!'

Alyssa begint te huilen, waarna ik het idee krijg dat ik wel eens iets gezegd zou kunnen hebben wat op z'n minst niet erg handig was.

'Waar is hij eigenlijk?' vraag ik.

'Hij zit bij zijn vrouw,' zegt Alyssa treurig. 'En zijn twee kinderen.'

Nadat ik Alyssa uitgezwaaid heb, die snuffend en met een dot toiletpapier voor d'r gezicht naar huis gaat, verwacht ik dat mister Lorenzo Mancini intussen het hazenpad heeft gekozen.

Ik weet het eigenlijk wel zeker. Mijn tijdelijke afwezigheid heeft hem meer dan genoeg gelegenheid gegeven om op een keurige, niemand voor het hoofd stotende manier van me af te komen, nietwaar? Mezelf al indekkend voor een teleurstelling zwier ik weer de kantine in, waar de band net aan zijn toegift is begonnen. Zo trots en fier mogelijk – wat kan mij het immers schelen – kijk ik de kantine zo ongemerkt mogelijk rond.

Maar daar kijken twee blauwgroene, warme en glimmende ogen me aan. Niks weggevlucht. Daar staat hij gewoon. Met twee bekers wijn.

Ik stuur Alyssa een sms: *Reken niet op mij vannacht. Zie je morgen. Sterkte.*

*

We staan nog niet buiten of Lorenzo slaat zijn arm om me heen. Zijn lijf zo dichtbij, we lopen precies tegelijk, zijn sterke hand op mijn heup. We lopen het schoolplein af de nacht in, door de warmgeel verlichte straten en de broeierige geuren van bloemen en eten, dat van eeuwen en eeuwen in de stenen getrokken is.

Het komt door de wijn, het komt door Rome, het komt omdat ik de tien Nederlandse jaren kwijtgeraakt ben onderweg. Ik voel me weer achttien. Ik bén achttien.

En naast me loopt mijn leraar wiskunde, die zijn hand onder mijn trui over de blote huid van mijn buik streelt. Alles kan, alles mag, het hoeft allemaal niet zo serieus en verder dan één dag vooruitkijken is veel te volwassen voor een prachtige avond als deze. We zien wel. We zien wel gewoon. Kom op! Hele cursussen worden gegeven om in het hier en nu te leven, dag voor dag, uur voor uur. Leef je leven alsof het de laatste dag is. Wat ga ik dan moeilijk lopen doen dat ik de mooiste man ter wereld nog maar zo kort ken? Trouwens, dat is mijn moeder die daar spreekt. En laat ik die nu net innerlijk aan het overwinnen zijn. Moeder, het wordt tijd voor mijn eigen leven.

Bovendien ken ik hem al heel lang. Twaalf jaar. Dus hoezo snel?

Als één verliefd lijf met vier benen lopen we naar zijn huis. Hij woont niet eens zo ver van Alyssa in een appartement. Of komt het door de wijn dat ik m'n besef voor afstand niet meer zo scherp heb? Of komt het door de liefde?

'Wacht even,' zegt hij terwijl hij met zijn sleutelbos voor de deur het goeie sleuteltje aan het zoeken is. Hij wordt zo ontzettend mooi verlicht door de lantaarnpaal die achter hem staat. Zijn silhouet is donker en nog net wordt zijn profiel sfeervol verlicht. Zijn rechte neus, zijn wilskrachtige kaak. En dan net dat glimlichtje in zijn oog. Wauw, dit zou zo de cover van een damesroman kunnen zijn.

Als ik nu toch… voor ik het bedacht heb, heb ik het al gedaan. Ik heb een foto van hem gemaakt met mijn mobiel. Voor later. Om echt te geloven dat ik dit zo echt gezien heb. M'n mobiel trilt.

Sms van Bart: *Slaap je al?*

Hè nee! Niet nu! Ik wil die lieve schat hier niet bij hebben. Ik druk de sms weg. Lorenzo heeft intussen de deur opengekregen.

'Wat deed jij daar?' vraagt Lorenzo hees terwijl hij me zachtjes de trap op duwt. Ik verzet me op speelse wijze en laat me duwen zodat ik zijn heerlijke lijf tegen mijn billen voel.

'Hmmm,' humt hij in mijn nek en hij scratcht met zijn stoppels strepen op mijn huid. Ik krijg kippenvel.

Tree voor tree lopen we de trap op, ik hoop dat hij op de derde verdieping woont, de achtentwintigste voor mijn part. Als we voor zijn deur staan legt hij zijn ruwe handen op mijn buik en trekt langzaam de stof van mijn blouse uit mijn broek. Buik in. Zijn warme hand op mijn navel, mijn huid smelt onder zijn aanraking. Wat een enorme handen heeft die man, wanneer hij de deur met één hand opent heeft hij nog genoeg hand over om me als een bruid over de drempel te tillen. Met een voet duwt hij de deur achter zich dicht en ergens uit de gang hoor ik Italiaans gescheld.

'Hmmm,' gromt Lorenzo. Langzaam achteruitlopend komen we in zijn woonkamer. Vermoed ik, mijn ogen zitten dicht en ik vertrouw op Lorenzo's richtinggevoel als hij me tegen een bank aanduwt waar we als in *slow motion* op terechtkomen. Er valt iets op het bijzettafeltje. Mijn mobieltje. Ik probeer het onopvallend met één hand te pakken te krijgen om een foto te maken van dit onwereldse moment. En nog een.

Het dure bloesje dat ik gekocht heb heeft mannenvingersproof knoopjes en maakt geen geluid als het op de grond terechtkomt. Zijn overhemd zweeft er bovenop.

Zijn geur doet me vaag denken aan gorgonzola, aan noten, het is het allerzaligste dat ik ooit geroken heb.

'Wat ben je mooi!' zegt hij schor. Er is geen ander licht dan het oranje lantaarnpaallicht van buiten dat zijn lijf tot een schilderij van Caravaggio maakt. Op de grond vallen een voor een onze kledingstukken tot we er geen meer aanhebben. Nog een foto. Voor als ik morgen niet geloof dat mij dit echt is overkomen.

Onherroepelijk word ik meegezogen naar een andere wereld, waar de zon altijd schijnt, waar we eindeloos rondsjezen in een cabrio over lange wegen, de Route 66, mijn haar in een sjaal wapperend in de wind. Waar we eindeloos samen eten (en altijd slank blijven) en samen wakker worden en de miljarden sterren aan de hemel een voor een tellen en waar we slapen op een gouden strand langs een zilveren zee met een eeuwig volle maan en fluitende nachtegalen en wijn met bubbels en schone lakens.

En dat soort dingen.

Lorenzo valt tegen me aan in slaap, zijn arm om me heen, we liggen in elkaar gestrengeld en ik heb geen idee meer van wie welke benen en armen zijn. Het doet er ook niet toe. We zijn samen één geworden.

Ik streel zacht de haren op zijn arm, zijn warme huid. Heel in de verte zie ik de nacht verdwijnen, het blauw wordt lichter. De eerste vogels en de eerste scooters klinken alweer.

Ik kan niet slapen, ik wil niet slapen. Dit moment is het mooiste dat ik de afgelopen jaren beleefd heb, ik wil er zo lang mogelijk van genieten. Het voelt allemaal zo ontzettend alsof het zo heeft moeten zijn. Mancini waar ik vroeger zo verliefd op was, nu tegen te komen, nu ik een vrouw ben. Mijn verblijf in Amsterdam waar ik volwassen genoeg geworden ben waardoor hij mij nu ook ziet. De reünie.

Al die tijd heb ik gewoon op hem gewacht. En hij op mij. En nu, in deze prachtige heldere nacht met deze buitengewoon mooie man, die tegen me aan ligt en die in zijn mondhoek een spuugbelletje heeft dat op het ritme van zijn ademhaling groter en kleiner wordt, zie ik wat de bedoeling was. Dit.

Ik zie het grote geheel en ik maak er deel van uit.

*

Een paar uur later word ik wakker van de geur van versgebakken broodjes en espresso. Ik draai me om, open mijn ogen en luister intens gelukkig naar de keukengeluiden, een kraan die open en dicht gaat, het getik van bestek op een bord en het zoemen van een citruspers.

Geruisloos ga ik rechtop zitten en kijk naar de keuken. Ik zie af en toe een been of een stuk rug. Mijn man staat in zijn keuken een ontbijt te realiseren voor mij. Dit moment moet ik eeuwig in mijn geheugen griffen. Ik ben heus niet zo naïef om te denken dat ik vanaf nu altijd alleen maar gelukkig zal zijn. Die relatiecrisissen overleven we wel. Maar deze nacht en deze ochtend pakt niemand me meer af.

Voor we samen aan deze dag en aan de rest van ons leven samen kunnen beginnen, moet ik nog wel even iets zeer noodzakelijks doen. Anders kan ik het wel vergeten.

Zo zacht mogelijk trippel ik met mijn handtas naar de deur die er het meeste uitziet alsof dat de wc is. In één keer goed. In de spiegel zie ik waar ik al bang voor was. Mascara tot op mijn wangen, dikke ogen en haar alsof ik onder stroom heb gestaan. Met een wc-papiertje dat ik even onder de kraan houd veeg ik zo veel mogelijk make-up weg. Zeer subtiel breng ik nieuwe mascara aan en een blosje op mijn wangen. Dan poets ik zo geluidloos mogelijk mijn tanden. Geen ochtendmeur in ons prille bestaan.

Snel trippel ik terug naar de bank en houd me slapende als hij weer binnenkomt. Met zijn hand veegt hij een paar krullen uit mijn gezicht. Nog voor ik mijn ogen opendoe ben ik van top tot teen helemaal met liefde gevuld. Lorenzo.

'Donna,' zegt hij zacht. 'Ik heb koffie voor je'. Ik kijk hem zo stralend mogelijk aan.

Hij kruipt naast me op de bank. En van koffiedrinken komt de eerstkomende tien minuten helemaal niets terecht. En de tien minuten daarna ook niet.

De koffie is koud geworden, de broodjes slap.

En toch is het het lekkerste ontbijt dat ik van mijn leven heb gegeten.

Lorenzo laat zich van de bank glijden en ik hoor hem rommelen in de keuken, de schat. 'Ik ga even douchen,' zeg ik. 'Waar liggen de handdoeken?'

'Ehm, in de badkamer,' zegt hij.

Ik stap de badkamer in. Ik doe de deur op slot, zo goed kennen we elkaar tenslotte nog niet. En er zijn momenten waarop een vrouw gewoon even alleen met zichzelf moet kunnen zijn om de inhoud van het badkamerkastje te kunnen controleren. Op geen andere manier leer je een man sneller kennen.

Zachtjes open ik het kastje boven de wasbak. De standaarddingen: aftershave van een niet zo heel duur merk, een antiroosshampoo, een conditioner voor vol haar en tegen pluis. Tandpasta voor witte tanden. Oké. Hij zorgt goed voor zichzelf, niet overdreven. Zijn tandenborstel ziet er nog redelijk nieuw uit, dus of hij koopt geregeld een nieuwe of hij gebruikt hem nooit. Maar dat heb ik niet gemerkt. Ik zie gelukkig nergens kunstgebittenreiniger. Of aambeienzalf. Ook geen lippenstift of voorbindborsten.

Zijn badjas (van het type: bejaard en vijftig jaar oud) hangt keurig aan het daarvoor bestemde haakje aan de zijkant van de kast. In de zakken (ja, sorry, ik kan maar beter nu achter eventuele gênantheden komen dan wanneer je er vol in zit, toch?) zit een balpen waarop gekauwd is en een uitgescheurde kruiswoordpuzzel.

Kortom, een echte man, een echte vrijgezel en geen sporen van vrouwen die diep in zijn leven zijn geïntegreerd op dit moment, behalve zijn moeder (getuige de groene zeep en het stoffige bosje droogbloemen in de hoek) en een vriendinnetje van lang geleden (getuige de fles dure en ongebruikte aftershave ergens achterin). Ook alleen maar goed, want een man met een ex is geen homo, is niet aseksueel, heeft in die periode niet gezeten en heeft zijn hart weer geopend voor een nieuwe liefde.

Ik zet de douche aan en spoel de hele heerlijke nacht

van me af. Overal waar het water stroomt is hij ook geweest. En niet alleen met zijn handen. Wat een man.

Goed, hij is tien jaar ouder dan ik, maar dat pleit alleen maar voor hem. Overwonnen bindingsangst, lekker uitgeraasd, toe aan de knusheid van een relatie met een slimme en zelfstandige vrouw. En wat is nou tien jaar?

Ergens voel ik wel enige gepikeerdheid, gek genoeg. Vijf jaar van mijn bestaan heb ik opgeofferd aan zwijmelen, dromen, hevige schrikreacties wanneer hij op mijn netvlies verscheen, het ontdekken en noteren van zijn rooster en dat nalopen.

Iedere ochtend weer een strijd voor de kledingkast, en ik heb enkele miljarden geheime boodschappen in mijn wiskundehuiswerk gestopt. Eindeloze telepathische pogingen om dwars door de klas duidelijk te maken dat ik, Donna van Dalen, zestien jaren jong, op dat moment niets liever wilde dan met hem in een bubbelbad. Of aan een wit strand met een kopergroene zee en een diepblauwe lucht. Of gewoon bij hem in zijn lieve vrijgezellenbed. Maar hij ving mijn wensen, of liever gezegd mijn aanbiedingen, nooit op. Het heeft waarschijnlijk niet geholpen dat ik toen zó onder de indruk was van hem dat ik hem eigenlijk alleen maar aan durfde te kijken als hij niet naar mij keek.

Maar toch.

Was ik toen niet goed genoeg? Was ik te jong? Waarom nu wel? Heeft hij zijn eisenpakket afgeslankt?

Kom op, Don, zeg ik tegen mezelf in de spiegel. Niet meteen overal wat achter zoeken. De jonge, lenige en verbeterde versie van George Clooney heeft jou vannacht op je wenken bediend, wat zeg ik, vier keer op je wenken bediend. Moet je daar nu meteen allerlei analytische matrixen op loslaten? Misschien valt hij wel op oud.

Oud?

Ouder.

Ouder?

Rijp! Volwassen! Je was zestien! Hij kon het vast niet aanzien, die smachtende blikken van je. Of misschien mocht het niet van de wet. Weet ik veel. Nu bied je tenminste wat tegenwicht en wat houvast.

Zorgelijk kijk ik naar mijn heupen, die met de beste wil van de wereld niet meer voor die van een zestienjarige door kunnen gaan.

In de kamer hoor ik Lorenzo meezingen met een reclamespotje voor hypotheken. Zie je wel, hij denkt ook al aan een gezamenlijk huis. Dit gaat helemaal goed komen. Ik draai de kraan uit en stap het douchekleedje in de vorm van een aardbei op. Druipend als een verzopen kat.

Nergens handdoeken.

'Lorenzo!' roep ik om de hoek.

'Huh?' Hij komt naar me toe. 'Wat is het?'

Als hij me ziet krijgt hij meteen slaapkamerogen. En niet alleen zijn ogen reageren op de aanblik van mijn druipende lijf. Alweer wordt er eentje wakker.

'Nee, nu even niet,' zeg ik. 'Ik moet nu echt...!'

Maar het helpt niet. Nu geef ik ook niet echt bijster veel weerstand, dat geef ik onmiddellijk toe. Lorenzo duwt me de badkamer in en zet de douche weer aan.

*

Drie keer achter elkaar. Dat heb ik zelfs Alyssa nog nooit horen beweren over een van haar *lovers*. En dat voor een leraar wiskunde.

'Maar die handdoek?' vraag ik. Mijn huid begint te rimpelen en ik begin eruit te zien alsof ik in een uur vijftig jaar ouder ben geworden. Dat lijkt me nog wat voorbarig, laat hem eerst maar eens genieten van mijn zevenentwintigjarige lijf.

'Ik zal 't even regelen,' zegt hij. Ik hoor een hoop gestommel en gerommel in de slaapkamer en even later ook in de keuken.

'Hèhè,' zegt hij en hij werpt me een handdoek toe. Terwijl ik me afdroog zie ik dat het een keukenhanddoekje is, maar ik zeg er niets van. Zijn handdoeken zitten natuurlijk allemaal in de was en dat durft die lieve schat niet toe te geven.

Ik sta onder aan de trap in het trappenhuis. Te wachten op mijn man om samen te gaan lunchen.

'Kom je nou nog?' zing ik naar boven.

'Ja, ik kom eraan, nog even m'n haar doen.'

Als hij beneden komt kijkt hij sip naar z'n gewelfde borst.

'Ik kan zo niet mee,' zegt hij. 'Ik doe toch even een ander overhemd aan.'

'Wat dan?'

Hij wijst op een uiterst minuscuul vlekje, iets wat ook een verdikkinkje in de draad had kunnen zijn.

Vertederd wacht ik tot hij terugkomt. Daar is hij. Zo te ruiken heeft hij zich ook nog even in een nieuwe walm Cool Water gehuld.

'Kom, mooie vrouw, liefde van mijn leven,' zegt hij en houdt de buitendeur voor me open.

Hand in hand lopen we tussen de oude huizen en het razende verkeer naar de Tiber. Overal zie ik stelletjes, vogels vliegen twee aan twee door de lucht en voor een raam likt een kat het oor van een andere kat, zoveel liefde, overal is liefde, alles is liefde! Beschermend legt hij zijn hand op mijn heup als we de straat oversteken. Daar, beneden ons, is het water.

De rivier is breder dan ik in m'n hoofd heb zitten. En dan de vreemde rust die hier heerst, te midden van alle drukte. Twee rondvaartboten met flitsende Japanners drijven geruisloos voorbij. We dalen af en slenteren langs het water, in de schaduw van de bomen die er groeien. De zon schijnt en de lucht is roze en overal ruikt het naar bloemen en rozen. Een ouder stel dat op een bankje zit lacht naar ons en dan naar elkaar. Weet je nog, lieverd, zuchten ze. Ik zit in een film. Met prachtige muziek eronder, opzwepende violen en een lieflijke piano. Een prachtige scène in de film van mijn leven en die is nog lang niet afgelopen! Ik loop hier met de mooiste en sexyste man van Rome die mij, mij, *mij* wil. Voortdurend kijkt hij me zwaar aan en schuurt hij zijn baard van drie dagen langs mijn wang.

'*Bellissima*,' fluistert hij in mijn oor, vlak voor we een eetcafé induiken.

Na het eten lopen we weer door de stad. Al slenterend komen we bij de Spaanse Trappen.

'Donna!' roept hij opeens en hij tilt hij me horizontaal de treden af. Onderaan zet hij me weer rechtop en zoent me alsof we alleen op de wereld zijn.

Niemand kijkt in het bijzonder naar ons. Liefde is hier aan de orde van de dag. Hoewel ik niet kan geloven dat twee mensen elkaar zo snel en zo compleet gevonden hebben.

Maar je kunt niet eeuwig hand in hand door de stad lopen en zeker niet op de schoenen die ik aanheb. Een paar blaren en eksterogen heb ik er wel voor over, maar als ik het idee heb dat mijn teenbotjes bloot komen te liggen dring ik erop aan om toch ergens op een terras koffie te gaan drinken.

'Ik dacht dat je het nooit zou vragen.' Lorenzo schuift zijn hand onder mijn trui en frunnikt met een vinger in mijn navel. We strijken neer op een terras langs de Tiber, in de buurt van Isola Tiberina, het eiland midden in de rivier. De hele tijd raakt hij me aan, geen seconde is ons contact verbroken. Een hand op mijn hand, een voet tegen de mijne, of allebei, zijn lippen op mijn wang. We drinken grote koppen cappuccino en we bestellen heerlijke panini met zalm en nog altijd kijkt hij me lachend aan en de gedachte aan vannacht en vanochtend laat de vlinders in mijn lijf als woedende bijen in mijn buik rondracen.

'Ik moet even naar de wc,' zegt hij. Hij blijft me aankijken en zwaaien terwijl hij achteruit het café in loopt.

En daar zit ik dan. Alleen. Ik haal diep adem en probeer me te realiseren wat er aan de hand is. Ik zit hier met De Man.

Hoe zouden anderen me zien? Vrouw op terras met net iets oudere man. Dol op elkaar. Zou iemand hem herkennen? Rome is groot, maar ook net een dorp. Ik pak mijn handtas en check of mijn gezicht er nog toonbaar uitziet. Zoveel fysieke wrijving ben ik niet meer gewend, laat staan dat mijn make-up Lorenzoproof is. Het valt mee. Ik stift even mijn lippen bij en als ik het spiegeltje terugstop in mijn tas overweeg ik even het Dikke Boek te raadplegen. Maar ik doe het niet.

Niets wil ik weten dan alleen maar wat er hier en nu

gebeurt. Wat zouden de wijsheden van Cor er nog aan toe kunnen voegen?

Ik ben hier met een geweldige man in de mooiste stad van de wereld waar mijn hart verloren is geraakt en daar komt Lorenzo terug van de wc. Hij stopt net zijn mobiel in zijn zak.

'Ik heb je zo gemist,' grijnst hij. Hij pakt mijn hand en wrijft met zijn duim over de rug van mijn hand. Zijn ogen en de mijne en niets anders is er op de wereld dan wij tweeën. En dat is op dit moment werkelijk alles wat ik me wensen kan.

9

Aan het eind van de middag ga ik naar Alyssa. Tenslotte ben ik haar gast. Ik moest me echt losrukken van Loor, hij wilde me niet laten gaan en pas toen ik zwoer dat ik die avond weer met hem zou eten liet hij me gaan. Uiteindelijk.

Vlak voor ik aanbel check ik mijn mobiel. Bericht van Sita.

Lieve Donna, ik hoop dat deze nacht je heeft gebracht wat je ervan hebt verwacht. Hé, dat is toch een liedje? denk ik.

'Mens!' zegt Alyssa als ze de deur opendoet. 'Ben je daar weer? Ik dacht dat ik je nooit meer zou zien.'

'Sorry.'

'Hoe is het?' vraagt Alyssa. 'Laat maar. Ik zie het aan je ogen. Dat wordt verhuizen.'

'Het was geweldig,' zucht ik. 'We hebben twee uur geslapen. En ik heb jou nooit gehoord over drie keer achter mekaar.'

'Drie keer?' grijnst Alyssa. 'Hij is boven de dertig, toch?'

'Sterker nog, hij is bijna veertig. Dat belooft nog wat als hij echt in een midlifecrisis komt.'

Alyssa zet een grote pot thee en we gaan op haar balkon zitten. Ze zet een mand cantucci neer. Ze zijn erg goed gelukt.

'Het is geweldig,' zeg ik. 'Hij is geweldig. Ik ben zo gelukkig.'

Alyssa grijnst en wrijft over mijn arm. 'Het is je gegund, meid.' Alles tintelt en al mijn cellen juichen bij de herinnering aan deze dag. Eindelijk maak ik het ook mee.

Onder ons probeert een man met veel kabaal een auto in te parkeren op een plek waar een andere man zijn scooter heeft neergezet, terwijl er ook een bus langs probeert te rijden.

'Doe je wel een beetje voorzichtig?' Alyssa schenkt weer thee bij.

'We doen het veilig,' zeg ik meteen, terwijl ik een blik naar haar onderbuik niet kan onderdrukken.

'Da's mooi, maar eigenlijk bedoel ik dat nog niet eens.'

Aan de overkant loopt een man voorbij met een ladder op zijn schouder. Luid zingt hij een aria van Pavarotti. Hij lijkt zelfs op de rondbuikige zanger.

'Ach joh. Ik ben een slimme meid die zich niet zomaar laat omverlullen door een wiskundeleraar met ogen als heelallen. Zelfs niet als het de Italiaanse versie van Brad Pitt betreft met een stem als die van een schorre Bono.'

Alyssa knikt begripvol.

'Ik ben sterk, zelfstandig en laat me de kop niet zomaar gek maken. Ik wil eerst weten of hij echt voor me gaat.'

'Tuurlijk,' zegt Alyssa.

'Dan rustig opbouwen. Z'n moeder ontmoeten. Eens een keer samen een weekendje weg. Hooguit.'

'Uiteraard.'

'Dan, dan zullen we eens kijken of het echt wat zóu kúnnen worden tussen ons.'

Alyssa kijkt me mild glimlachend aan. Ik probeer zo verstandig en rustig mogelijk terug te kijken.

'Er is geen houwen aan,' breng ik ten slotte uit.

We schieten in de lach, die overgaat in de slappe lach.

'O, houd op, ik moet al zo piesen!' giert Alyssa. 'Houd op!'

Mensen kijken zelfs omhoog, zo barsten we om de haverklap in lachen uit. Pas na een hele tijd kalmeren we weer.

'Waar is Sita eigenlijk?'

'Die is de stad in. Al uren. Het bevalt haar zo goed om zonder man op stap te zijn. Ze wil veel vaker hier komen.'

'Dat wordt dan weer ouderwets gezellig, met z'n drieen.'

Alyssa lacht.

'En waar is Andreas? Heb je het hem intussen verteld?'

Alyssa knikt en het vocht in haar ogen welt meteen op. 'Hij was er heel blij mee, zei hij. Maar hij moest even alleen zijn. Om alles op een rijtje te krijgen.'

'Heb je hem nog gebeld?'

'Ja. Vijftien keer, maar ik kreeg hem niet te pakken.'

Liefdevol legt ze haar hand op haar buik. 'Hoe dit ook afloopt, wij redden het wel.'

Ik schiet even vol. Wat zegt ze dat mooi.

'Mag ik je boek even? Het boek van Cor?' Met een ernstig gezicht laat ze haar vingers langs de bladzijden glijden. Ze slaat het boek open en ik vertaal voor haar:

Liefde maakt een smal bed breed. Een klein huis groot. En een hart altijd groter.

We lachen beiden ontroerd en Alyssa laat me twee kaboutersokjes zien die ze gekocht heeft.

Tot mijn schrik zie ik dat het al bijna vijf uur is.

'Ik ga even wat anders aantrekken.'

Uit mijn koffer vis ik een ienimini jurkje van stof zo

licht, dat het bijna uit mijn handen waait als Alyssa de deur opendoet.

'Zullen we vanavond bij Ristorante Cammillo eten?' vraagt ze. 'Ik kan wel weer wat hebben, geloof ik. Er is zelfs een hele olijf blijven zitten.'

'Alyssa,' begin ik. Ik kijk op mijn horloge en haal diep adem.

'Is goed,' zegt ze. 'Ga maar. Ik eet wel alleen. Er is nog wel wat cantucci over.'

Schuldig. Natuurlijk voel ik me schuldig. Mijn vriendin, zwanger en in de put, en ik ga met mijn nieuwe vriendje eten. Maar hoe voelde ik mij niet toen zij die gelukzalige plaatjes van haar liefde naar me mailde? Moeten wij dit niet, juist als vrouwen onderling, voor elkaar overhebben?

'Bedankt,' omhels ik haar. 'Je bent een echte vriendin.'

Ik wist dat onze vriendschap tegen een stootje kon. Als een jonge hinde huppel ik de straat op.

Loor en ik spreken in de stad af, hij weet een restaurantje waar we de allerlekkerste gerookte zalm *ever* eten. Met spinazietagliatelle en een dillesausje waarvoor ik mijn verloren kilo's zonder enige reserve weer zou voor omhelzen. Maar dat is niet nodig, want veel krijg ik niet door mijn keel, met dit uitzicht aan de andere kant van de tafel.

Na het eten maken we een wandeling door de stad, die speciaal voor ons, als het decor voor onze liefde, gebouwd lijkt te zijn. We ploffen neer ergens in de tuinen van Villa Borghese. De parasoldennen torenen hoog boven ons uit, alsof ze zich over ons ontfermen. En de oleanders geuren alsof we in een parfumwinkel staan.

Het is nog steeds warm, ook al is het al avond, maar het gras voelt koel en ik zou zo kunnen slapen. Overal om ons heen liggen en zitten en slenteren stelletjes.

Een hele tijd zwijgen we, liggen we alleen maar naast elkaar te liggen. Allebei op onze zij, hij ligt achter mij. Lorenzo's hand ligt op mijn heup en aan zijn ademhaling te horen is hij ook in rap tempo op weg naar dromenland. Ik probeer elk detail van dit magische moment in me op te nemen. Softfocus en slowmotion, diezelfde muziek van Notting Hill. De spelende kinderen in het gras, de grootmoeders op de bankjes en de mieren tussen de grassprieten die op mijn gladgeschoren benen omhoogklimmen...

'Waar denk je aan?' Lorenzo is rechtop gaan zitten.

'Wat wilde jij later worden toen je klein was?'

Lorenzo trekt mijn krullen een voor een uit en laat ze weer los, waarna ze meteen weer in de krul springen.

'Haha,' zegt hij. 'Wat een eigenwijsjes. Wat vroeg je ook alweer?'

'Wat je later wilde worden.' Ik ga ook rechtop zitten. Hij grijnst en bijt me zachtjes in mijn oorlel. 'Jouw man.'

Ik lach, zucht, lach weer en kus mijn man op zijn wang.

Dit wordt mijn nieuwe plek. Dit is de eerste dag van het begin van de rest van mijn leven. Alles zal anders worden. Ik zal ontslag moeten nemen, een verhuiswagen regelen. Hoe zou ik mijn grote bank het beste hier kunnen krijgen?

'Is het eigenlijk makkelijk om werk te vinden in Italië? Of misschien blijf ik wel thuis om voor de kinderen te zorgen. Of we nemen een nanny.'

'Lieverd, aan niemand laat ik de zorg over voor onze kinderen dan aan jou.' Lorenzo legt zijn hoofd op mijn schoot. Met mijn vingers aai ik over de rasperige haartjes in zijn geschoren nek.

'Mogen katten eigenlijk in het vliegtuig? En wat zal ik doen met mijn flat? Sasja wil 'm misschien wel onderhuren.'

Lorenzo onderdrukt een gaap.

'Trouwens, we hebben helemaal geen nanny nodig. Want jij bent als leraar natuurlijk vrij als de kids uit school komen. En ik heb natuurlijk een scooter nodig. En ik moet een hele nieuwe garderobe. Dat doe ik wel als ik hier ben. Het is hier allemaal zoveel verfijnder.'

Ik slaak een diepe zucht. Ik kan het nog niet geloven dat alles wat ik ooit gedroomd heb, nu aan het uitkomen is.

Lorenzo is in slaap gevallen op mijn schoot. Vertederd lach ik om zijn lieve gezicht.

Pas als de zon oranjerood achter de huizen zakt en we elkaar al onze dromen hebben verteld, slenteren we langs de nog warme huizen naar Lorenzo's appartement.

Van mij mag de wereld vannacht vergaan, ik heb de mooiste dag van m'n leven gehad.

*

'Wil je een lekker kopje thee voor me maken?' vraag ik de volgende ochtend op mijn allerverleidelijkst als we naast elkaar wakker worden. Buiten regent het en de lucht is grijs. Dat wordt een dagje bankhangen, waar ik geen enkel bezwaar tegen heb.

Lorenzo springt onmiddellijk op en rommelt wat in de keuken. Heerlijk, zoals hij zijn best voor me doet.

Ik ga op de bank liggen en maak van de gelegenheid

gebruik om eens zijn kamer rond te kijken. Een keurige woning voor een vrijgezel. Er staan een paar cultureel correcte en verantwoorde boeken in de kast (type: krijg je van de boekenclub als je niet op tijd bestelt) en er hangt een schilderijtje van een keurig landschapje. Wat me wel verbaast is dat er nergens een boek tussen staat dat ook maar in de verste verte iets met wiskunde te maken heeft. Ik kan me goed voorstellen dat hij thuis niets met zijn werk te maken wil hebben. Zijn meubels zijn een tikje ouderwets en waren vast ook niet duur. Maar ja, wat kan het schelen, hij zit hier toch altijd maar alleen! Geen sporen van huisdieren. Dat kan zowel een pre als een anti zijn.

Lorenzo steekt zijn hoofd om de deur.

'Eh, de thee is op,' zegt hij. 'Wil je iets anders?'

'Ik loop wel even mee,' zeg ik. Lorenzo trekt de koelkast open. 'Wil je...' hij pakt een fles en leest het etiket. 'Wil je natuurzuivere azijn?' Hij grijnst en zet de fles weer terug.

'Ik dacht toch dat ik nog een fles sap had. Appelsap. Ergens.' Hij trekt een paar kastjes open.

Aarzelend kijkt hij rond. 'O wacht!' zegt hij. Onder een tafel staat een boodschappentas. Hij pakt er een fles uit. Een lege. Beteuterd zet hij de fles weer terug.

Alsof er een paar druppels koud water in mijn nek vallen, zo ril ik opeens. Er klopt hier iets niet. Ik zou dat gevoel graag willen onderdrukken, maar het is net een badeendje dat je onder water duwt: hoe harder je duwt, hoe sneller hij weer boven komt ploppen. Er klopt hier iets verschrikkelijk niet en ik ga direct uitzoeken hoe het zit.

'Ik neem wel een glas water,' zeg ik en ik vul een glas uit de kraan.

Lorenzo doet hetzelfde.

Daarna doden we de tijd met een stom gesprek over iets wat er niet toe doet.

'Ik moet even, eh…' Lorenzo gebaart naar de wc.

'Oké.'

Als Lorenzo zijn blaas aan het legen is open ik meteen het kastje boven de gootsteen. Daar staat een grote hoeveelheid thee opgestapeld. Enorm veel thee. Earl Grey, citroen, venkel en groene thee. Meteen in het zicht. Pontificaal midden in het meest voor de hand liggende keukenkastje.

'Kom eens?' vraag ik als hij weer de keuken in komt lopen. Ik wijs hem naar de piramide van thee.

Lorenzo zet een glimlach op die we nou zo onderhand wel kennen.

'Dit is niet jouw appartement, hè?' vraag ik.

Lorenzo kijkt verbaasd. 'Hoezo?'

Als ik besef dat hij me nu nog steeds voor de gek probeert te houden is dat meteen ook het moment dat ik onmiddellijk op hem afknap.

Per direct, meteen, *immediately*.

'Dit appartement,' zegt Lorenzo terwijl hij met zijn gezicht dichterbij komt en nog altijd die steeds irritanter wordende glimlach op heeft, 'is van mijn goede vriend Gerome. Hij is zelf op vakantie en heeft het me aangeboden. Vanwege de reünie.'

'Maar je woont toch zelf ook in Rome?' vraag ik. 'Waarom slaap je niet gewoon thuis?'

Soms haat ik mijn eigen scherpte. Ik zit hier gewoon mijn eigen prachtige zeepbellen kapot te prikken.

'Eh,' zegt Lorenzo. 'Ja, dat is… Mijn huis wordt op dit moment geverfd. Van binnen. Ik kan er niet zijn.'

'Ja, wat is het nou? De reünie? Of de verflucht?'
Lorenzo's gezicht verfrommelt alsof hij een citroen heeft
gegeten.

'Toedeloei!' Ik trek mijn kleren aan, pak mijn tas en
loop naar de deur terwijl Lorenzo al die tijd met gebogen
hoofd vanuit een hoek in de kamer naar me kijkt.
Schuldbewust.

Vlak voor ik de buitendeur open krijg ik plotseling een
ingeving waarvan het badeendje met een vaart uit het
water schiet.

Wacht. Dat is het natuurlijk! Hij woont nog bij zijn
moeder en hij schaamt zich daar enorm voor. Wat een
lieverd is het toch ook! Ik dacht natuurlijk weer heel
Nederlands en achterdochtig dat hij al een vrouw heeft,
maar ach, de schat, die vrouw is zijn moedertje. Op mijn
hakken draai ik honderdtachtig graden en loop naar hem
toe.

Hij grijnst als een kind dat een groot cadeau krijgt.

'Ach liefje, het geeft niks, hoor,' lach ik. 'Ik had er
gewoon niet aan gedacht. Zullen we vanmiddag bij je
moeder koffie gaan drinken?'

Mijn dromen herstellen zich meteen weer en mijn hart
klopt weer in zijn normale tempo. En koffiedrinken bij
mijn aanstaande schoonmoeder, daar is het nou net de
dag voor.

Lorenzo trekt zijn wenkbrauwen op. De zichtbare
opluchting is me net iets te groot.

'Ja, dat is het!' roept hij vrolijk. 'Ik woon nog bij mijn
moeder. Het arme mensje, ze zal wel denken waar ik vannacht geweest ben. Ik zal haar zo wel even bellen.'

Het badeendje kwaakt nu midden in mijn gezicht. Er
is geen redden meer aan.

'Of bedoel je soms een vrouw en een setje kinderen?'

De manier waarop hij zijn blik van me afwendt zegt me genoeg.

Ik loop naar de gang en trek de deur open.

'Donna!' roept hij. Hij pakt mijn hand en kust die. 'Lieverd, wacht, we kunnen elkaar blijven ontmoeten. Mijn vrouw en ik…'

Hij zet een treurig gezicht op. Als het niet zo verrekte sneu was allemaal zou ik er nog wel om kunnen lachen.

'We zijn zo goed als gescheiden,' zegt hij. 'Daarom zit ik hier. Echt. Er zijn geen kinderen. Helaas. Daarom hebben we juist ook problemen gehad, veel.'

Zie ik het nou goed? Perst hij een traan uit zijn linkeroog? Kom op, zeg. Laat me niet lachen.

'En toen ik jou zag, toen wist ik weer wat liefde was. Echte liefde.'

'Goh,' zeg ik.

'Je hebt een nieuwe, oneindige bron in me aangeboord. Blijf bij me, Donna, blijf alsjeblieft bij me!'

'Bel me maar als de scheiding rond is.' Ik stap de deur uit en laat mijn hakken extra hard kletteren op de stenen trappen. Ik ben een sterke vrouw die niet met zich laat sollen. Steeds harder trap ik op die verrekte treden.

Om eerlijk te zijn is dat krachtige gevoel al verdwenen voor ik buiten ben en nog voor ik de deur geopend heb voel ik een loodzware treurigheid op mijn nek vallen en ik vrees dat als hij me had geroepen ik met dezelfde vaart weer teruggerend was. Daarom loop ik langzaam de straat uit, vooral ook aan de overkant zodat hij me goed kan zien en kan roepen, smeken om terug te komen.

Wat hij niet doet.

De zak.

'Hoi Donna!' roept opeens een stem. Het is Maria.

'Hoi,' breng ik nog net uit en loop iets sneller, om de non-verbale boodschap uit te zenden dat ik nu écht geen tijd heb om *small talk* te bezigen. En al helemaal niet voor succespraat van succesmensen bij wie altijd alles goed gaat. Toevallig dat ze hier ook in de buurt is, trouwens.

Daar loop ik dan. Alyssa woont vlakbij, maar ik loop een andere kant op. Bij een broodjeszaak koop ik een vette pizzahap en een halve liter cola. Light dan, om het niet te erg te maken. Ik voel me bijna een zwerver als ik etend en drinkend mijn wandeling voortzet. Maar ik moet eten.

Ergens op een bankje in een straat plof ik neer. Ze kunnen me wat. Ik pak het boek van Cor en sla het open.

Eten is als liefde: het troost, verwarmt en vult de leegten in je leven.

Ik had het zelf kunnen bedenken. Zou het waar zijn? Als mijn leegte niet gevuld wordt door een man, dan maar door een pizza. Grommend neem ik nog een hap. Ik kan geen woorden vinden voor wat ik voel. Het is te veel. Ik voel woede, teleurstelling. Maar ook nog niet getaande lust. Daarvoor zijn de herinneringen aan de voorgaande nacht en ochtend nog te sterk.

Hoe is het mogelijk. In twee dagen de liefde gevonden en weer verloren. Als het niet zo ontzettend cliché en irritant was zou ik er nog een lied over schrijven. Of een boek, nota bene.

Wat is het trouwens druk hier. En waarom moeten Italianen voor elke scheet die ze dwarszit claxonneren?

En bellen? Mocht ooit de Vesuvius uitbarsten en het leven van Rome vastleggen, dan zullen de archeologen zich op hun achterhoofd krabben waarom de meeste mannelijke inwoners een soort blokje tegen hun oor houden.

En waarom zit elke man, van acht tot achtentachtig jaar, en nog wel veel ouder ook, naar me te grijnzen? Stelletje viezeriken. Alsof ik daarop zit te wachten, alsof ik een of ander lustobject ben dat zomaar voor niks begrijnsd mag worden.

'Houd daarmee op!' zeg ik hardop. Ik voel me steeds bozer worden. Ik heb zin om ergens ontzettend tegenaan te schoppen.

'Houd toch op,' zeg ik weer. Eerst zachtjes, dan harder. In het Nederlands, zo slim ben ik ook wel.

'Houd toch op! Stomme Italianen! Kijk voor je! Zit niet zo stom te grijnzen. Dacht je soms dat ik zo makkelijk te krijgen ben? Ik ben geen sloerie!'

Arme mannen. Ze kijken verbaasd. Eentje heft verontschuldigend zijn handen op.

Wat een treurigheid. Ik bel aan bij Alyssa's appartement.

'Huh?' Alyssa steekt net een droge cracker in haar mond. 'Ben je nu al terug? Wat is er aan de hand?'

'Ik haat hem.'

Alyssa vult meteen de waterkoker en zet hem aan. We gaan op het balkon zitten.

'Vertel.'

'Hij zit in een soort midlifecrisis, denk ik. Heeft een vrouw. Hij zei dat zijn huwelijk ingestort was, omdat ze geen kinderen konden krijgen. Maar ik geloof er niks van. Hij wilde mij gewoon erbij!'

'Pfff,' zegt Alyssa. 'Wat een eikel.'

Ik schiet opeens in de lach. 'Hé, jij bent zo'n vrouw, weet je nog?'

Ze grijnst.

'Hoe is het met jou?'

'Maar zes keer overgegeven. Dus het gaat de goeie kant op.'

We zeggen even niks. Overdenken ons bestaan op deze rondraaiende bol materie, die enkele tellen die we hier zijn te midden van de eeuwigheid van het bestaan.

Tja. En nu? Gewoon naar huis gaan? Verder leven als vrijgezel? *Forever*? Morgen gaat mijn vliegtuig terug. Ik moet hoe dan ook een beslissing nemen.

'Misschien is het wel waar,' zegt Alyssa.

'Wat?'

'Dat hij en zijn vrouw geen kinderen konden krijgen. Dat ze daardoor uit elkaar gegroeid zijn. Dat hij in jou zijn nieuwe liefde gevonden heeft. Ik bedoel, het kán toch?'

Ik zucht diep. Maar de gedachte laat me niet los. Stel je voor dat het toch waar is? Nee, denk ik beslist. Of wel?

Het erge is dat ik hem nog helemaal niet kwijt ben. Hij zit nog in mijn hoofd, en vooral nog in mijn lijf. Nog niet zo lang geleden zat hij daar tenslotte nog. Misschien moet ik hem toch nog maar 'es bellen. Zeggen dat ik wel erg emotioneel reageerde. Dat moet hij gewend zijn tenslotte met een Italiaanse vrouw.

Want stel nou dat Alyssa gelijk heeft.

Dan zou het wel heel cru van mij zijn om zo botweg bij hem weg te lopen. Toch? Als hij echt van me houdt ben ik gek om hem te laten gaan.

En zo zit ik mezelf nog een tijdlang ontzettend voor de gek te houden. En met succes, want even later sta ik hem dan toch echt te bellen.

'Mancini,' bromt hij. Alleen al zijn stem te horen laat een soort van vuurpijlen tegen mijn schedeldak ontploffen.

'Ja, het is met Donna. Luister.'

'Donna!' zegt hij verrast. Iets te verrast, naar mijn mening. Op de achtergrond hoor ik een vrouwenstem lachen. Wie is die stem? Ze komt me erg bekend voor.

'Wat fijn dat je belt!'

Wie is dat toch? Dat hoge lachje. Ik hoor een kurk uit een fles ploppen en dezelfde cd staat aan die wij vannacht draaiden.

'Donna, ik bel je straks terug, oké?'

Opeens weet ik het. Het is Maria.

'Laat maar,' zeg ik.

*

De volgende middag brengt Alyssa me naar de metro die me naar het station zal brengen.

Een gruwelijk besef dat ik nu nog midden in Rome sta en overmorgen alweer aan het werk ben onder de bezielende leiding van meneer Van Zuilen en de koeienogen van Sandra.

En Bart. Ah, Bart! Lekker weer gewoon lunchen en dom ouwehoeren en gewoon lekker samen zijn. Ik moest hem maar eens te eten vragen.

'Wat zit je te grijnzen,' zegt Alyssa. 'Je hebt toch verder niets afgesproken met die Mancini?'

'Nee,' zeg ik, maar ik ben zelf verbaasd van mijn

gezichtsuitdrukking. Verrek, inderdaad, ik zit te grijnzen. Dat wordt maar door één ding veroorzaakt en dat is de gedachte aan Bart. Die lieve, goeie, ouwe Bart. Met hem zal ik dit Rome-avontuur tot in den treure bespreken en samen zullen we erom lachen. Heel hard lachen. Ontzettend hard lachen. Lachen tot we ervan huilen.

Dan komt de metro eraan.

Ik omhels Alyssa en zij mij en we spreken af dat we hoe dan ook heel binnenkort elkaar weer zullen zien. Gewoon lekker shoppen bij de Prenatal of achterlijk dure kleertjes kopen of samen onze handen op haar buik leggen.

*

Eenzaam en koud staat het vliegtuig op me te wachten. Mijn stoel is achterin bij het raam en ik kruip weg achter de stoel die voor me staat. Gelukkig kreeg ik van Alyssa nog een stapel tijdschriften, maar voor ik die opensla, pak ik Cors boek. Ik ben erg benieuwd wat dat te zeggen heeft. Een woord van wijsheid in deze poel van ellende.

Afwezigheid is voor de liefde wat wind is voor vuur; zij dooft het kleine vuur en wakkert het grote aan.

Ik stuur een sms'je aan Bart: *Overmorgen lunchen bij Holle Bolle Gijs?*

Om de paar minuten check ik mijn mobiel, de verbinding heeft alle vijf streepjes, maar een antwoord krijg ik niet. Nu ik erover nadenk, ik heb al een tijdje niets van hem gehoord. Nu ik er nog harder en langer over nadenk, ik heb al een héle tijd niks van hem gehoord. In mijn mobiel zie ik dat de laatste sms van hem is... van woensdagavond. Toen ik bij Lorenzo was. Wat vreemd? Zou er iets mis zijn met de satelliet of zo? Maar van Sasja heb ik wel een paar sms'jes gekregen, ook na woensdag.

Met een intens treurig gevoel zet ik mijn mobieltje maar uit. Iets wat ik normaal alleen tijdens begrafenissen en trouwerijen doe. Onbereikbaar zijn voelt als niet leven. Maar liever dat dan er continu aan herinnerd worden dat ik geen sms krijg. Bart, Bart.

Ik zou hem toch niet missen, hè? Werkelijk! Ik probeer een boek te lezen, de film te volgen, een gesprek vóór me mee te luisteren, in slaap te vallen. Maar ik moet het onder ogen zien. Ik mis hem. Ik mis die rare lieve Berebart. Ik mis zijn bezorgdheid, zijn getrut met theezakjes twee keer gebruiken, zijn suffe sloffen en zijn supermarktdeodorant. De manier waarop hij kijkt als hij met iets heel moeilijks bezig is achter zijn bureau en hoe zijn blik dan verandert als hij een mailtje van mij krijgt.

Ik mis hem als een broer. Als een broer, als een broer, als een broer, houd ik mezelf tientallen kilometers voor. Zoals ik Martijn mis. Toch?

Maar ik mis Martijn helemaal niet, denk ik. Ik mis Martijn niet, maar Bart wel.

Aaargh! Het zal toch niet waar zijn.

*

Om een uur precies landen we op Schiphol.

De afgelopen keren dat ik terugkwam van vliegreizen stond Bart me ongevraagd op te wachten.

'Ik laat jou niet midden in de nacht in je eentje in het donker naar huis beulen met zware tassen. Geen sprake van.'

Zijn beslistheid was van het soort tegenspreken-is-meteen-een-belediging-van-formaat.

Hij kwam midden in de nacht met de trein naar Schiphol en dan reden we samen terug naar Amsterdam. Kon ik meteen mijn ei kwijt over wat ik allemaal meegemaakt had.

Ik loop door de slurf naar de aankomsthal.

Er staat een verdwaalde kip en een man met een vlieger bij de uitgang te wachten.

Bart is vast verlaat, denk ik.

Ik loop langzaam door de hal en verwacht elk moment 'Donna!' te horen.

Maar niets. Midden in de nacht in mijn eentje op een verlaten vliegveld terwijl er niemand op me wacht. Ik kan niet eens een kroket eten. Alles is dicht.

Eenzaam rijd ik naar huis. Via mijn mobiele telefoon luister ik naar de radio. Zo heb ik het idee dat er tenminste iemand tegen me praat. Er wordt een interview uitgezonden met een popzanger die bekend was in de jaren zeventig en nu van een minimumuitkering moet leven. Ik voel volledig met hem mee.

Thuis is het stil en donker en koud. Op tafel ligt een briefje: *Donna, ik heb Lorenzo naar de dierenarts gebracht. Hij is ziek geworden (at niks en kotste alles onder) en nu herstelt hij bij mij thuis. Het gaat goed met hem. Bel me als je terug bent.*

Die arme Lorenzo. Ziek geworden terwijl ik er niet was. Wat ontzettend lief van Bart dat hij 't beessie onder zijn hoede heeft genomen. Na het tweede glas wijn begin ik er zelfs tranen van in mijn ogen te krijgen. Ik heb ook nog niks gegeten natuurlijk. En er is niks in huis, omdat ik lijnde voor ik wegging. Er zijn alleen nog chocolade-koekjes uit het kerstpakket.

Terwijl ik die naar binnen werk (het was, denk ik, de Kerst van 2002) bekijk ik Barts briefje nog eens.

Geen *liefs*. Geen bijdehante opmerking. Geen grappig tekeningetje van een kotsende kat (Bart wilde altijd graag naar de kunstacademie).

Ik begin me zorgen te maken. Het zou toch wel goed met hem gaan?

Het is vier uur. Geen tijd om te bellen.

En nu zit ik hier. In mijn eentje in een koude flat zonder kat, zonder Bart en niemand om te bellen of te msn'en. Ik geloof dat het lang geleden is dat ik me zó eenzaam voelde.

In de verte kleurt de lucht geruisloos lichtblauw. De laatste keer dat ik dat zag, was ik zo gelukkig als toen ik op mijn zesde verjaardag die glimmende rode fiets in de kamer zag staan.

Opeens besef ik, zo klaar als een klontje, wat er aan de hand is.

Bart heeft een vriendin.

En durft mij niet onder ogen te komen.

Nee. Het is nog erger.

Hij durft mij nog wel onder ogen te komen. Maar hij is me totaal vergeten. Ik zit gewoon niet meer in zijn systeem.

*

's Middags, als ik wakker ben, bel ik Bart.

'Hoi BereBart,' zeg ik zo opgewekt als mogelijk na een nacht van enkele uren en een glas wijn te veel.

'Hoi,' zegt hij humorloos. Zeker ook net wakker.

'Hoe is het?'

'Prima. Kom je de kat halen vandaag? Ik ben nu thuis.'

Ik trek mijn wenkbrauwen op. Vanwaar die kilte? Hij mag gelukkig in de liefde zijn, hij weet toch nog wel wie ik ben? Ik heb hem toch niets misdaan?

Ik spring in mijn autootje en rijd naar Bart. De deur van zijn portiekwoning staat al op een kiertje en ik loop naar binnen. Bart staat in de keuken en prakt net een pil door Lorenzo's eten, die het met smaak opeet. Waarom maken ze eigenlijk kattenpillen als bijna iederecn die voor gebruik plet?

'Hij moet zes keer per dag een pil,' zegt Bart. 'Twee weken.'

'Ook 's nachts?'

'Ook 's nachts.'

'Maar dan ben je er dus zelf ook 's nachts uit geweest,' zeg ik.

'Inderdaad.'

'Kun je vast wennen voor onze kinderen later,' zeg ik, met de bedoeling om weer de oude grapjes te maken van voor ik wegging.

Maar Bart reageert niet. Althans, niet zoals ik hoopte. Hij gaat aan tafel zitten en kijkt moeilijk.

Ik ga tegenover hem zitten.

'Wie is het,' zeg ik. 'Vertel. Tegen mij kun je alles zeggen.'

Hij kijkt me niet-begrijpend aan. Maar zwijgt. Zijn niet-begrijpende blik gaat over in een treurige.

Na een tijd zegt hij: 'Was dat nou nodig?' Van de intonatie in zijn stem krijg ik meteen een knoop in mijn maag. Hij klinkt zoals ik hem nog nooit gehoord heb.

'Wat?' En ik hoor meteen dat mijn oprechte onwetendheid hem boos maakt.

'Wat? Wat?' Hij kijkt me aan. Ik probeer aan zijn gezicht te lezen wat er is, maar eigenlijk verwacht ik dat hij opeens in lachen uitbarst en dat ik iets verschrikkelijk over het hoofd heb gezien. Maar dat gebeurt niet.

Na enkele minuten zegt hij: 'Je hebt echt geen idee, hè, wat ik bedoel.'

Het huilen staat me nader dan het lachen. Wat is er toch aan de hand? Waar is mijn ouwe trouwe Bart? Wat heb ik misdaan waar ik geen weet van heb?

'Dit bedoel ik,' zegt Bart. Hij pakt zijn mobiel en laat me foto's zien.

Foto's van Lorenzo. Beschenen door het lantaarnpaallicht. Op de trap. Lorenzo met zijn blouse open. En niet alleen foto's van Lorenzo als persoon. Maar ook enkele lichaamsdelen zijn, beschenen door prachtig sfeervol licht, enkele duizenden kilometers via de satelliet verzonden.

'Oh nee!' zeg ik. 'Nee! Dat was echt niet de bedoeling! Hoe kan dat nou?'

Bart kijkt me nog altijd aan.

'Ik snap het niet,' zegt hij. 'Ik bedoel, ik weet best dat ik meer van jou houd dan jij van mij. Dat weet jij ook. Ik houd al van je vanaf het eerste moment dat je bij Studio Zeventien over de drempel struikelde en je je koffie over Van Zuilens bureau wierp.'

Hij knijpt even in zijn neus.

'Maar je had me echt niet hoeven inwrijven vanaf je fijne vakantie met je fijne minnaar waar je zo fijn van genoten hebt dat ik een Hollandse lomperik ben waar je niks meer van wilt weten.'

Lorenzo kijkt van Bart naar mij en weer terug. Daarna klautert hij bij Bart op schoot en draait zich op zijn rug. Bart aait hem op zijn buik.

Ik heb nooit eerder gezien dat Bart dat mocht doen.

Ik weet in de verste verte niet wat ik moet zeggen. Ik voel me zo leeg als die keer dat ik een wiskundetentamen moest doen terwijl ik dacht dat het scheikunde was die dag.

'Wat wilde je me met die foto's eigenlijk duidelijk maken? Dat ik het nooit zal halen bij die hordes Italiaanse meneren met strakke pakken en gladde haren en dure luchtjes? Nee, dat zal ik allemaal nooit in huis hebben. Ik ben gewoon een man, met alles erop en eraan, oké, misschien mag het een paar pondjes minder, maar in mijn hart ben ik gewoon een gewone man die...'

Bij elk woord dat hij zegt wordt mijn verbazing, of eigenlijk verbijstering, groter en groter. Hoe kan het dat ik nooit écht geloofde dat Bart van me hield? Nee, erger: hoe komt het dat ik het nooit wilde geloven? Omdat ik voor mezelf een Italiaanse man had bedacht? Omdat ik niet wilde geloven dat ik elke dag struikelde over de man die, die...

'Die ontzettend veel van je houdt,' zegt Bart. Daarna durft hij me niet meer aan te kijken.

En ik ook niet, want ik zie nog steeds die vleeskleurige foto's voor me die bij mij *never* door het spamfilter waren gekomen als het e-mails waren geweest.

En zo zitten we tegenover elkaar. Lorenzo vindt het prima, die ligt intussen languit op de tafel en laat zich van boven op zijn koppie aaien door Bart.

En nu? Ergens verwacht ik dat Bart nu begint te lachen en dat het eind goed al goed is of dat ik iets zeg wat die klotefoto's goedmaakt, maar er schiet me niets te binnen dat het niet op z'n minst nog een keer zo erg maakt.

Ook weggaan durf ik niet. Ik heb het gevoel dat er nu nog een heel klein fragiel draadje tussen ons hangt. En dat er twee dingen kunnen gebeuren als ik nu wegga: het draadje rekt mee en zal weer kunnen groeien. Of het knapt onherstelbaar doormidden als ik nu opsta.

Ik weet het gewoon niet.

'Ik moet zo weg,' zegt Bart uiteindelijk.

'Oké,' zeg ik. Bart zet het kattenmandje op tafel en Lorenzo vlucht meteen weg onder de bank.

'Ik heb die foto's echt, echt, echt per ongeluk naar je verstuurd,' zeg ik. 'Je moet me geloven. Je stuurde mij op dat moment een sms en ik wilde die wegklikken, maar ik heb vast op beantwoorden gedrukt. Of zo. Ik snap er niets van. Geloof je me?'

Bart haalt zijn schouders op.

*

Ik weet nog maar één ding te doen en dat is naar Sasja.

'En? Heb je de liefde van je leven ontmoet?' vraagt ze.

'Ja,' zeg ik.

'Echt?' Sasja vult meteen een grote fluitketel en zet die op het vuur.

'Vertel op! Moet ik al op een spoedcursus Italiaans?' We gaan op haar balkon zitten.

'Ik heb hem ontmoet,' zeg ik. 'Vijf jaar geleden. Op mijn werk.'

Sasja kijkt me niet-begrijpend aan.

'Bart,' zeg ik. 'Ik ben erachter gekomen dat ik van hem

houd, ook al is hij zo anders dan de man waar ik naar op zoek was. Dacht te zijn.'

Sasja verwerkt wat ik zeg door haar hoofd naar voor en achter te bewegen en verschillende gezichtsuitdrukkingen te gebruiken, van verbaasd tot boos tot blij.

'Maar,' zegt ze, 'hij is toch ook al jaren gek op jou? Dat is dan toch alleen maar mooi? Waarom begin je nou zo te huilen? Wat is er toch, meis?'

'Ik heb hem per ongeluk foto's gestuurd,' brul ik. 'Foto's van Lorenzo.'

'Foto's van Lorenzo? Was dat die leraar wiskunde?' Ik knik, mijn betraande gezicht tegen haar schouder.

'Maar, maar...' ze zwijgt en streelt mijn rug.

'Het waren toch geen...'

Ik knik.

'O nee!' roept ze. 'En nu denkt hij... en jij bent er net achter gekomen dat...'

Minutenlang blijven we zitten.

'We maken een plan,' zegt ze. 'Laat me een paar dagen denken. Het komt goed. Vertrouw op mij.'

10

De volgende dag moet ik weer gewoon aan het werk.

Als de wekker gaat kan ik niet geloven dat hij goed staat, maar het is toch echt halfacht. Het voelt als een straf, een domper na een week in Rome, een week aan de *vino* en de panini.

Precies op tijd rijd ik het parkeerterrein op en sleep mezelf het gebouw in. Dit is de eerste dag van de rest van mijn miserabele leven.

'Goeiemorgen,' zingt Jannet achter de balie. 'Heb je een fijne vakantie gehad?' Ik grom wat en loop naar ons kantoor.

Er is nog niemand en ik ga achter mijn bureau zitten. Er zitten slechts enkele tientallen memoblaadjes aan mijn beeldscherm vastgeplakt. Als ik mijn mail binnenhaal komt Bart binnen.

IJzig droog zegt hij me goedemorgen en loopt naar zijn plaats.

Routinematig en zonder enig gevoel werk ik me door de stapel post en de mail. Ik heb het gevoel alsof er blokken beton op mijn armen zijn vastgeklonken, zo zwaar is het typen. Een letter per minuut.

Ik sla het boek van Cor open.

Je weet pas wat je hebt als je het kwijt bent. Het is een oud spreekwoord, maar zo waar.

Tja. Wrijf het er nog maar eens extra in.

Af en toe kijk ik naar mijn maatje, maar hij kijkt niet één keer terug. Een mailtje sturen durf ik niet, omdat ik de pijn van geen antwoord krijgen niet aandurf. Ik mis hem. Hij zit op twee meter afstand van me naar het scherm te turen en ik mis hem verschrikkelijk.

Maar ik krijg geen contact met hem. Hij neemt geen koffie voor me mee, knikt alleen vriendelijk met zijn hoofd als ik koffie voor hem neerzet, zonder naar me te kijken.

De ochtend verloopt traag alsof ik moet zwemmen in een bad vol net niet gestold lood. Met die blokken beton aan mijn armen.

Als ik om halfeen mijn jas aantrek om als een gek naar huis te sjezen om Lorenzo een pil in zijn lijf zien te krijgen, zie ik hem op de parkeerplaats lopen terwijl hij een zo te zien zelf gesmeerde boterham eet.

Ik heb me nog nooit zo lullig gevoeld. Ik stap in de auto en start de motor.

Wat weet ik eigenlijk van Bart? Hoe goed ken ik hem feitelijk?

Ik rijd de parkeerplaats af en stop nét op tijd voor het rode verkeerslicht. Een vrouw die oversteekt schudt afkeurend haar hoofd.

Ik snap niet dat ik niet meer van Bart weet. Ik ken hem al vijf jaar, we hebben al zeker veertig keer vijf keer vijf is duizend keer samen geluncht (aarghh... als ik denk aan alle calorieën en liters vet die ik in die jaren heb weggewerkt...).

Ik weet dat hij ooit een vriendin heeft gehad en veel verdriet heeft gehad toen dat uit ging. Ik weet dat hij elke maandagmiddag bij zijn moeder gaat eten. En natuurlijk weet ik precies wat hij lekker vindt om te eten en hoe hij over onze collega's denkt.

Het licht springt op groen en ik scheur de bocht om.

Ik weet ook dat hij elk jaar op motorvakantie gaat met een paar kameraden naar Zuid-Frankrijk. Maar verder? Wat wilde hij worden toen hij klein was? Is dit de baan waar hij altijd van droomde? Waar wil hij graag ooit nog eens naartoe op vakantie? Heeft hij dromen? Wil hij kinderen? Wat is zijn grootste angst? Wat was hij voor jochie? Hoe lang heeft die relatie met die ex geduurd en waarom ging het mis en spreekt hij haar nog wel eens?

Niets van dat alles weet ik.

Ik heb al die jaren alleen maar over mezelf zitten praten. Ik was een vreselijke egoïst. En hij, die arme schat, die grote lieverd, heeft het allemaal geabsorbeerd. Uit liefde voor mij. En nu heb ik zijn hart verpletterd, verbrijzeld, doen laten verschrompelen door hem deelgenoot te maken van mijn vleselijke lusten nota bene met mijn leraar wiskunde. Hoe ironisch kan het lot zijn.

Thuis ligt Lorenzo op de bank te slapen als ik de kamer in kom. Hij komt niet meteen naar me toe lopen en wil ook niet meteen geaaid worden. Het is net of hij rondkijkt of Bart er niet ook aankomt. Pas als ik het bakje met voer met pil voor hem klaargezet heb, neemt hij arrogant een paar hapjes. Ik kan er niks aan doen, maar twee grote warme tranen biggelen over mijn wangen. Mijn straf voor mijn egoïsme, mijn oogkleppen, mijn stomme wens om een Italiaan.

Als ik terugrijd naar de studio is er een Italiaans liedje op de radio. Woest zet ik de radio uit. Even helemaal geen Italië meer, alstublieft.

Nu ik er geweest ben is het gevoel dat ik altijd had, dat ik dáár eigenlijk thuishoor, niet meer zo stevig in mijn ziel verankerd. Sterker nog, ik twijfel of er wel iets authentieks Italiaans in mij huist. Tenslotte zijn mijn beide ouders en ikzelf in Nederland geboren en woon ik het grootste deel van mijn leven in de lage landen. Waarom heb ik altijd gedacht dat Italië hét was voor mij? Dat begrijp ik opeens niet meer zo goed. Het is een prachtig land, maar daar zijn er meer van. En dan die Italiaanse mannen. Goed, je mag ze niet over één kam scheren. Maar dat deed ik natuurlijk ook toen ik dacht dat ze allemaal veel beter waren dan die Hollandse horken. Achter elkaar stop ik een chocoladereep, snel gekocht bij een tankstation, naar binnen. Chocolade is het antwoord. Wat maakt het uit wat de vraag was?

Als ik weer terug op kantoor kom zet ik msn aan. Niemand online, natuurlijk.

Bart zit zwijgend achter zijn computer en ik kan me niet herinneren dat ik iemand zo ontzettend hard heb horen zwijgen. Hoe ik ook oogcontact met hem probeer te zoeken, hij kijkt onafgebroken naar zijn scherm en naar zijn horloge. Hij kijkt zelfs niet naar mij als ik niet naar hem kijk. Dat voel ik gewoon. De lach is uit zijn ogen verdwenen. Vanbinnen zit ik enorm te huilen.

Ik moet verschrikkelijk met iemand praten, want ik word hier helemaal gek. *Kom online*, sms ik naar Sasja, *ik word hier verpletterd door een blok bevroren beton.*

Maar er komt niemand online.

Ik denk dat ik het roer maar radicaal om moet gooien. Mijn enige kans op ware liefde heb ik zo ontzettend de nek omgedraaid dat ik geen uitweg meer zie dan ontslag nemen, mijn huis opzeggen en vrijwilligerswerk te gaan doen in een arm land. Iets echt nuttigs. Ik zie geen andere manier om nog wat aan mijn leven te hebben dan al mijn tijd en energie weg te geven aan mensen die het harder nodig hebben dan ik.

Wezenloos zoek ik wat informatie over wereldreizen, weeshuizen opzetten in Afrika, daklozen helpen,

Van werken komt het niet meer. Ik kan mijn gedachten er niet langer dan een paar seconden bij houden.

Ik ben mezelf helemaal kwijt.

Wat heeft me bezield om met een ouwe man naar bed te gaan, een man die vroeger mijn leraar was, en nu feitelijk een onbekend heerschap? Ik liet me gaan; het enige wat hij deed was me aankijken en mijn naam oplezen van mijn naamkaartje. Ik werd onmiddellijk weer de vreselijk verliefde puber van toen. Ik zou hem moeten kunnen aanklagen, hij heeft eigenlijk gewoon misbruik gemaakt van de puber in mij.

Ik snap niet dat ik zo kneedbaar was. Vloeibaar gewoon. Ik ben niet sterk, niet onafhankelijk. Eén blik van een man en ik los op als een suikerklontje in de thee.

Alles wat me bijeenhield, mijn opvoeding, mijn setje principes, mijn gevoel van normen en waarden en van wat normaal is en wat niet, alles viel in duigen; totaal uiteen toen hij mij alleen maar aankeek.

Hoe is dat mogelijk. Zo ken ik mezelf niet en ik moet er erg aan wennen dat dat kennelijk ook in me zit.

'Zo, weer terug van je tripje?' Eric van Zuilen steekt zijn hoofd om de deur. Het is geen belangstelling. Het is controle.

Ik knik.

'Wil je de afsprakenlijst voor week dertig voor me updaten?'

Ik knik weer. Geluid maken kost me nu te veel energie.

Voor de vorm beantwoord ik een paar mails en print die uit om ze in het dossier te stoppen. Dat ziet er toch wel echt uit als werken, nietwaar?

'Zeg, wat is er toch aan de hand?' zegt Sandra. 'Ik heb nog geen vunzige grap gehoord of niks. Is er iemand dood of zo?'

Nee, denk ik. Hoewel. Goed beschouwd is er wel iets een vroege dood gestorven. Iets dat zo mooi had kunnen zijn.

Wat zeg ik dat toch weer mooi, denk ik. Ik had schrijver moeten worden.

'Trouwens,' zegt Sandra. 'Vanaf volgende maand word ik Erics persoonlijke secretaresse. Goed hè?'

Het lukt me nog net om het woord 'gefeliciteerd' uit te braken.

Aan het eind van de dag is Bart verdwenen zonder dat ik er erg in had. Ik rijd naar huis, draai een blik soep open en beweeg mijn duim over de knoppen van de afstandsbediening. Dit is hoe mijn leven eruit zal zien de komende tachtig jaar.

*

Vertrouw me, sms't Sasja eindelijk. *Ik heb een plan. Ga nu overleggen met Emma. Je hoort van mij.*

Plan of niet, eerst is mijn moeder nog jarig.

En ze geeft een tuinfeest. Voor de hele familie. Ook dat nog. Gelukkig heb ik nog een beetje Italiaans bruin op mijn huid. Voor de rest voel ik me een oud vrouwtje met de energie van een schildpad in de winter. Somber rijd ik naar huis terwijl de zon schijnt alsof het de mooiste dag van de wereld is.

Had ik maar een ouderlijk huis, denk ik opeens, als ik het grindpad oprijd. Hier wonen mijn ouders. Maar dat is wat anders. Het is mooi weer en de fruitbomen hangen zwaar gebukt onder de pruimen en appels.

Goeie setting voor een confronterend gesprek over mijn jeugd. Net als in de film. Mijn vader laat boven zijn nieuwe treintjes zien aan zijn broer, oom Bob. Voor de rest is er nog niemand. Vanmiddag komt de rest.

Mijn moeder staat in de keuken en heeft alles uit de kast getrokken om er een groots feestmaal van te maken.

Ik staafmix de verse, zelfgeplukte appels, knip de peterselie en roer de mosterdsoep, met – nog net niet zelf gevangen – zalm erin.

'Mam, waarom zijn jullie eigenlijk niet in Italië blijven wonen?'

'Hoezo?' Ze roert stevig met een houten lepel in het beslag. Een paar plukken haar dansen op haar voorhoofd.

'Nou, eerst verhuis je een heel gezin naar een ander land. En waren we daar net een beetje gewend, gingen we weer terug naar hier.'

'Ach,' zegt mams. 'Daar hebben we nooit zo over nagedacht. We wilden jullie alleen je opleiding laten afmaken. Daarna zijn we gewoon teruggegaan.'

Ik hak een komkommer in dertig schijfjes.

'Donna! Dat is een vleesmes!' Mijn moeder pakt het mes van me aan en geeft me een aardappelschilmesje, terwijl ze me onderzoekend aankijkt.

'Wat is er dan? Heb je er problemen mee?'

'Heb je er nooit bij nagedacht dat we ons misschien ontheemd zouden voelen? Dat we niet weten waar onze roots nou liggen, hier of daar?'

Mijn moeder schiet in de lach.

'Kind, welk zelfhulpboek heb je nu weer op je nachtkastje liggen? Of heb je naar Dr. Phil zitten kijken? D'r is niks mis met hoe wij het gedaan hebben. Als jij je rot voelt moet je eens kijken wat je er zelf aan kunt doen, in plaats van te willen veranderen wat niet meer kan.'

Ik voel een diffuse woede opkomen waar ik geen kant mee op kan. Ik loop de tuin in, onder de schaduwen van de bomen aan de rand van het weiland dat aan de tuin van mijn ouders grenst. Onderweg neem ik een glas wijn mee. Vanonder de bomen kijk ik naar het witte huis tot het bezoek er allemaal is.

Martijntje en Rozemarijntje kennen elkaar nu al een paar maanden en nog altijd zitten ze vreselijk aan elkaar te plukken. Verschrikkelijk. Wat dat betreft is het wel prettig dat het feest buiten is en al het eten vanwege de warmte binnen staat. Kan ik ze steeds politiek correct ontlopen.

Terwijl Rozemarijntje haar liefalligheid elders in de familie zit te implementeren (ze zit bij oom Kees op schoot) barbecuet Martijn voor mij een groentespiesje. De hele barbecue bestaat uit ecologisch, biologisch en saai voer.

Ik mis de vette kleddersaté, de aanmaakdipsaus uit zakjes en de vacuümverpakte hamburgers.

Ik mis Bart.

Nog nooit is het me zo duidelijk geweest dat Bart al vijf jaar mijn steun en toeverlaat is en dat ik het vertrouwde van hem verwarde met het ontbreken van passie. Waar ik zei dat we het relatiestadium al gepasseerd waren en gewoon gezellig met elkaar omgingen zat ik er middenin. In die relatie. In feite hadden we al vijf jaar verkering, maar dan zonder seks en ik had het niet door.

Ik lach om mijn eigen stompzinnigheid.

'Zo zus, hoe is het met jou? Hoe was het op de reünie?' Martijn legt een groentespiesje op mijn bord.

'Enorm! Geweldig! Hilarisch!'

Martijn trekt één wenkbrauw subtiel omhoog.

'Niks aan dus?'

'Jawel,' zeg ik. Het lukt me niet om een tussenweg te vinden tussen hem precies en tot in de heetste details te vertellen wat er is gebeurd of een fatsoenlijke, keurige en gecensureerde samenvatting te presenteren. Daarom zeg ik verder maar even niks.

'Heb jij nou nog een soort heimwee naar Italië?' vraag ik.

'Ik? Nee, hoezo?' Martijn zet zijn gezonde, witte tanden in een gezond volkoren stokbrood en scheurt er een stuk af.

'Het was een leuke tijd en ik ga er vast nog wel eens naar op vakantie. Maar ik heb me nooit Italiaans gevoeld. Een Nederlandse Italiaan misschien. Of een Italiaanse Nederlander. Of hooguit een Nederlander in Italië.'

'Ja, ja, 't is duidelijk,' zeg ik. 'Is er geen satésaus?'

'Nee,' zegt Martijn. 'En misschien maar beter ook. Dat weekje in Italië heeft je silhouettechnisch geen goed gedaan.'

Mijn neiging om de nog hete barbecuespies in zijn gespierde rug te prikken, onderdruk ik. Maar een beetje gelijk heeft hij wel. Drie weken liefdesverdriet heeft me niet, zoals elk ander, een paar kilo eraf opgeleverd. Integendeel. De zakken troostchips en repen chocoladegeluk waren niet aan te slepen.

De rest van de middag drink ik water uit een wijnglas terwijl oom Bob alles, maar dan ook alles vertelt over hoe het was toen hij bij de spoorwegen werkte en hoe het nu zou moeten en mijn vader alles wat oom Bob zegt of ontkent of, aanvult. En later, als er gekegeld zou kunnen worden met de lege wijnflessen, zijn de spoorweghervormingen compleet. Ik neem van de weeromstuit nóg een schijfje komkommer.

Als je huilt omdat de zon is verdwenen, beletten je tranen om de sterren aan de hemel te zien, meldt Cors boek.

*

'Dus dit is het plan,' zegt Sasja. 'Wat vind je ervan?' Ze heeft er rode wangen van. We zitten in De Verjaardag Van Ome Henk, het is vrijdagmiddag en ik ben kapot. Ik probeer met mijn nagel een vlekje van het tafelblad te krassen. Emma zit er ook bij. Ze slaat af en toe bemoedigend op mijn schouder en smeert stukjes stokbrood met kruidenboter voor me.

'Het is een geweldig plan,' knipoogt Emma. 'Ik heb nog nooit zoiets goeds gehoord. Dit gaat gewoon helemaal goed komen, Donna!'

Ik neem een slok van mijn derde glas rosé. Ik heb me nog nooit zo leeg gevoeld. Zo zinloos, nutteloos, overbodig. Vier weken werken met een zwijgende Bart die mij zo hard negeert dat de lucht ervan knettert en een

Sandra die van de weeromstuit aan één stuk door kakelde, zijn me bijna fataal geworden. Het eind van deze week heb ik met mijn tong op mijn schoenen gehaald en nu hebben mijn vriendinnen 'een plan'. Het kan me niets schelen. Al moet ik verkleed als hamburger door de Kalverstraat.

Sasja ontvouwt het plan terwijl haar ogen stralen. Emma zit ernaast te stralen.

'Van wat jij me hebt verteld over Bart, weet ik zeker dat hij dit kan waarderen.' Sasja vult mijn glas bij.

'Ik weet het niet,' zeg ik. 'Ik weet het niet. Bart is zó stug en zó afstandelijk geworden. Ik geloof dat ik nog liever met Eric het bed in duik dan dat ik Bart moet ontdooien. Onbegonnen werk.'

'Kom op! Je moet het proberen. Bart is al vijf jaar zwaar gek op je, dat is heus niet verdwenen in een paar dagen.' Emma kijkt me streng aan.

'Ik weet het niet, hoor.'

'Nee. Jij weet het niet, maar wij wel. Kom op, we gaan.'

We betalen aan de bar en we gaan. Sasja en Emma voorop, ik er sjokkend achteraan. Het kan me niets meer schelen.

De voorbereidingen vergen tamelijk veel tijd. We moeten in de meest vage winkeltjes onze boodschappen doen en Sasja weet allerlei buitenlandse kruideniers. Emma heeft haar specialiteit ingezet: zij koopt bij de allergoedkoopste winkels vol *made in Taiwan* en *China* de spullen die we voor vanavond nodig hebben. Daarna steken we de koppen nog een keer bij elkaar.

'Hebben we alles?' Sasja loopt het lijstje langs.

'Moeten die boodschappen niet in de koelkast?' vraag ik.

'Nee hoor, ze staan stijf van de conserveringsmiddelen.' Sasja streept bijna alles door op het lijstje.

'Nu alleen jij nog,' zegt Emma.

'Hoezo,' brom ik.

'We gaan je in het nieuw steken. Kom op!'

'Ik heb geen geld meer!'

'Dat is alleen maar goed. Want het gaat je ook vrijwel niets kosten.'

Bij een winkel vol gele en rode schreeuwletters op de muur staat een radio zó hard en zó net niet goed afgesteld dat het lijkt alsof zich midden in de winkel een reusachtige waterval bevindt.

We communiceren door middel van gebarentaal. Sasja en Emma trekken het ene na het andere kledingstuk uit de rekken en de kartonnen dozen die op de vloer manshoog staan opgesteld. Ikzelf zit apathisch op een van de plastic stoelen en vraag me af hoe het zover met me heeft kunnen komen.

Sasja pakt me bij mijn arm, stopt mijn armen vol kleding en wijst naar het pashokje. Verbaasd kijk ik naar wat ze me gegeven heeft.

'Dit klopt niet!' Ik wil haar de kleding teruggeven, maar Sasja stuurt me resoluut terug.

Achter het gordijn wurm ik me in de kledingstukken die ze voor me hebben uitgezocht.

'Hij is te klein!' mime ik vanuit het pashokje.

Sasja steekt haar duim op. 'Helemaal goed!' beweegt ze haar mond.

Ik kijk in de spiegel. Ik zie een vermoeide vrouw op gouden pumps met hakken van twintig centimeter, in een te strakke, felroze legging. Daarboven draagt ze een strak fluorescerend groen truitje van synthetisch materiaal. De zweetplekken staan er nu al in.

Emma en Sasja komen naast me staan en kijken tevreden.

'Nu moeten we alleen nog je hoofd aanpakken,' schreeuwt Emma voldaan.

Bij Sasja thuis maakt Emma me op. Mijn haar wordt in taartvorm een halve meter hoog getoupeerd,

'Zet 'es effe een raampje open,' kucht Emma, want het kost twee spuitbussen haarlak om mijn haar in model te krijgen. Mijn ogen worden zwaar aangezet met kohlpotlood en de oogschaduw heeft dezelfde roze kleur als mijn legging. Met het puntje van haar tong uit haar mond lakt Emma mijn nepnagels in een kleur zo fel dat ik ze na het knippen onmiddellijk als chemisch afval door de gemeente moet laten ophalen.

'Nu nog die ordinaire oorringen aan je lellen vastklikken, en klaar ben je.'

'Ik geloof nooit dat het werkt,' zeg ik somber.

'Mens!' roept Sasja. 'Als je zo negatief blijft, dan werkt dat op karmaniveau destructief. Je moet geloven in een goede afloop. Al je gedachten daaraan wijden. Kom op!'

Sasja steekt een kaars aan.

We staan in Sasja's woonkamer. Het is onherkenbaar gemetamorfoseerd tot een kitscherige, ordinaire tent. Aan de muur hangen knipperende kerstlichtjes in allerlei verschillende kleuren. Rode en roze lampen maken de muren roze en er hangt de geur van wierook.

'Denk je dat hij komt?' vraag ik. Ik sta half achter het

gordijn en kijk naar buiten. Er komen heel wat mensen op de fiets langs, maar geen Bart.

'Natuurlijk komt hij!'

Sasja heeft Bart uitgenodigd met een vage smoes. Haar computer is kapot, of hij er even naar wilde kijken.

Ik geloof er helemaal niets van dat dit goed komt. Ik werp een laatste blik in Cors boek:

Wie niet in wonderen gelooft, is geen realist.

Schuin aan de overkant van Sasja's appartement komt een heilsoldate langs. Toekomstige collega, groet ik haar in gedachten.

Dan, toch nog onverwacht, hoewel een kwartier na achten, gaat de bel. Mijn hart klopt in mijn keel en de zenuwen gieren door mijn lijf.

Gelukkig neemt Sasja meteen de leiding.

'Zitten, jij!' Ze trekt me aan mijn zorgvuldig uitgekozen glitterriem en zet me op de stoel achter de gedekte tafel. Mijn felroze legging zit gelukkig te strak, zoals de bedoeling is.

Dan drukt ze op de zoemer waardoor de deur beneden automatisch opengaat. Daarna zet ze de cd-speler aan en daar klinken onze gedownloade smartlappen en radio-piraatliedjes.

Mijn handen worden vochtig en ik heb geen idee waar ik moet kijken als de kamerdeur zo opengaat. En hoe. Neutraal? Blij? Verontschuldigend? Mild glimlachend? Verleidelijk? Dat heeft Sasja me niet verteld.

Ik hoor voetstappen op de trap naar boven.

'Ik ben weg,' fluistert Sasja en ze verdwijnt naar de keuken. Grenzend aan de keuken bevindt zich de slaapkamer.

'Ik kijk gewoon een stomme film,' fluistert ze. 'Als ik in actie moet komen, tik maar op de deur. Als ik weg moet, een kik en ik verdwijn. Door het raam.'

En daar zit ik dan. Alleen in het hol van de leeuw.

De deur gaat open. Bart komt binnen. Hij kijkt de kamer in en ziet me niet meteen. Maar als hij me ziet verandert zijn blik niet noemenswaardig.

Is dat goed? Of is dat niet goed?

'Wat is dit?' vraagt hij. 'Is Sasja er ook?'

'Eh, nee,' zeg ik.

'Vreemd,' zegt hij. 'Ik had een afspraak. Eh, gewoon een afspraak.'

Hulpeloos staat hij om zich heen te kijken.

'Komt ze zo terug of zo? Ik snap het niet. Hoe laat is het? Waarom zie jij er zo maf uit? En waarom ziet het er hier uit als een kitscherige kermistent?'

Hij kijkt nu pas goed naar de tafel, die is gedekt met een plastic zeil met bloemen.

Erop staan plastic wegwerpbordjes en plastic bestek.

Ik sta op.

'Bart,' zeg ik. 'Het was een smoes. Sasja's computer is niet kapot.'

Bart kijkt me niet-begrijpend aan. 'Maar, wat doe jij hier dan?'

'Luister,' zeg ik. 'Ga zitten.'

Bart kijkt op z'n horloge. 'Ik heb om tien uur weer een afspraak.'

'Nee,' zeg ik. 'Ook een smoes.'

Bart laat zich op een stoel zakken. 'Wat is dit? Een of andere flauwe grap? Daar heb ik er al iets meer dan genoeg van je gehad, Donna. Dacht ik zo.'

Hij steekt een fluorescerende winegum uit een van de

plastic wegwerpkommetjes in zijn mond.

O, dat schattige fronsje tussen zijn wenkbrauwen. Dat heeft hij altijd als hij iets moeilijks, ingewikkelds of tegenstrijdigs hoort.

Gek genoeg geeft me juist die frons het gevoel dat ik weer iets van de oude Bart terugzie. En daarmee een heel klein beetje gevoel van controle, van de oude sfeer. Niet meer dan een pluisje van een vezeltje van een strohalmpje.

'Nee.' Ik neem ook een winegum, een gifgroene, als ware het om de band tussen ons te bezegelen. 'Het is geen flauwe grap. Ik bedoel dit bloedserieus. Bart, dit is een surpriseparty. Ik wil het goedmaken met een etentje.'

Bart staat weer op en gaat voor het raam staan. Ik kijk een tijdlang naar zijn rug. Zijn zwijgende, lieve rug.

Zeg ja, zeg ja, zeg ja, schreeuw ik hem telepathisch toe.

Het duurt te lang.

Een tram rijdt voorbij. En nog een. Ergens hoor ik een autodeur dichtslaan.

Ik buig mijn hoofd, wil zijn blik niet zien als hij nee zegt of wegloopt. Ik hoor dat hij zich omdraait en ik hoor zijn voetstappen richting de deur.

Voorbij de deur.

Naar de tafel.

Naast mij.

Hij gaat naast me zitten.

'Donna,' zegt hij.

Ik kijk op en probeer uit alle macht die twee stomme druppels in mijn ogen binnen te houden. Anders loopt mijn make-up mijn decolleté in.

Bart lacht. 'Ik wil graag met je eten,' zegt hij.

Sasja heeft zich werkelijk perfect verkleed. Ze draagt een grote blonde pruik en bloedrode lippenstift en blauwe oogschaduw tot over haar wenkbrauwen. Ze heeft haar beha opgevuld met twee roze ballonnen die nauwelijks in haar witte schort blijven zitten. De hakken die ze draagt zijn zo hoog dat ze steeds iets moet vasthouden om niet om te vallen.

Bart en ik schieten in de lach als ze naast de tafel komt staan en kauwgumkauwend vraagt of we 'ut al 'es wete of dat we nog langer motte denke'.

We lezen de menukaart die ik uit mijn hoofd ken omdat ik hem zelf met Sasja heb zitten maken.

'Ik kan niet kiezen,' zegt Bart.

'We nemen gewoon alles,' zeg ik. Onder tafel raken onze voeten elkaar.

Sasja zet opgewarmde poedersoep op tafel, de goedkoopste die we konden vinden. En twee grote berenklauwen met kleddermayonaise.

Daarna volgen de gehaktballetjes uit blik, smarties met Russische opdruk, magnetronbroodjes met vulling van onbekende herkomst, knakworstjes van 19 cent per blik. De volgende gang bestaat uit aardappelpuree uit een zakje met gevriesdroogde groenten. Huzarensalade die zó goedkoop is dat je het niet gelooft. In de keuken horen we de magnetron piepen alsof er een openhartoperatie gaande is.

We eten het tot de laatste kruimel.

Sasja schenkt ons wijn uit een kartonnen pak met spelfouten in het Engels. Uiteraard hebben we plastic wijnglazen met een gietnaad waar ik mijn lip meteen aan openhaal.

'Mevroi, niet piepen,' tettert Sasja terwijl ze een van de ballonnen terug in haar beha propt. 'We kenne niet allemaal uit kristal drinke. 't Smaakt er geen bips minder om, moeje maar denke.'

Als toetje kunnen we kiezen uit een stijfgevroren waterijsje met een flinterdun laagje chocolade eromheen of een sorbet in een plastic glas met bevroren slagroom.

We kiezen de sorbet en voeren elkaar hapjes ijs die we eerst losgebikt hebben met een mesje.

'Dit,' zegt Bart, terwijl hij over de tafel mijn hand pakt, 'is het lekkerste wat ik in tijden gehad heb.'

'Zegge, ken dat effe ergens anders, dat geflikflooi,' roept Sasja terwijl ze het wegwerpetengerei wegwerpt.

Gelukzalig kijken Bart en ik elkaar aan. Dat ik nooit gezien heb dat hij eigenlijk héél mooie ogen heeft. Blauw, helder, met veel langere wimpers dan ik.

Na het eten krijgen we nog een kopje oploskoffie met een lichtgevend roze glacékoek geserveerd.

Op de wc pak ik het boek van Cor. Ik sla het open op een willekeurig bladzijde.

Als je wilt hebben waar je van houdt, houd dan van wat je hebt. Veel geluk.

'En nu opzoutuh!' roept onze geblondeerde ober en ze knipt het licht aan. 'Ik moet de tent dichtgooien.'

'Zal ik nog even helpen met opruimen?' vraag ik.

'Niks d'r van! Wegwezen jullie en ik wil pas weer wat van jullie horen in de vorm van een trouwkaartje op de mat!'

Bart en ik maken een lange avondwandeling door Amsterdam. Mijn hakken klikken op straat en ik ben opeens net zo groot als Bart. Het is nog licht en er hangt een zwoele zomerlucht tussen de huizen. Overal zitten mensen op terrassen en uit opengeschoven ramen hangen benen en iemand speelt ergens op een mondharmonica en een jongen op teenslippers en zijn overhemd om zijn middel geknoopt komt op de brommer voorbij.

'Hé, jij bent vast niet duur!' roept hij naar me terwijl hij met zijn tong langs zijn lippen glijdt.

'Meer dan jij ooit kunt betalen!' roept Bart terug. Meteen legt hij zijn arm om mijn middel. Voorzichtig leg ik mijn getoupeerde kapsel tegen zijn schouder.

We lopen langs de gracht en laten elkaar geen moment meer los.

'Dit was een geweldige avond,' zegt Bart. Hij knijpt in mijn hand en ik kan niet anders doen dan gelukzalig glimlachen. En dit gevoel, dit geluk, gaat zoveel dieper dan dat akkefietje in Rome, dat inmiddels verschrompeld is tot een vage herinnering uit een onwerkelijk verleden. Alsof je een hele zak met drop hebt gegeten en daar meer spijt van hebt dan dat je ervan genoten hebt.

'Ik vond het ook erg lekker,' zeg ik. 'Moeten we vaker eten, bij die tent.'

De warmte van de dag zit nog in de straatstenen. Het is zomer. Zo ontzettend zomer. We lopen zomaar nergens heen en tegen de tijd dat we bij de Prinsengracht zijn aangekomen blijven we op een brug stilstaan en kijken over het water. We volgen twee eenden die voorbijzwemmen, tot ze de bocht om zijn.

'Donna,' zegt Bart. 'Wil je met me gaan?'

'Hmmm. In ruil voor tien knikkers.'

'Je krijgt ze allemaal,' zegt Bart. Hij lacht en ik lach en we kijken elkaar aan en het licht van een lantaarnpaal dat net is aangesprongen weerspiegelt in zijn blije ogen.

'Kom je morgen bij mij eten?' fluistert hij schor tussen twee zoenen door. 'Ik heb nog nasi uit blik.'